A CIDADE DOS FANTASMAS

Obras da autora publicadas pela Editora Record:

Série Vilões
Vilão
Vingança

Série Os Tons de Magia
Um tom mais escuro de magia
Um encontro de sombras
Uma conjuração de luz

Série A Guardiã de Histórias
A guardiã de histórias
A guardiã dos vazios

Série A Cidade dos Fantasmas
A cidade dos fantasmas
Túnel de ossos
Ponte das almas

A vida invisível de Addie LaRue

VICTORIA SCHWAB

A CIDADE DOS FANTASMAS

Tradução
Marcela Filizola

5ª edição

Galera
RIO DE JANEIRO
2023

CIP-BRASIL. CATALOGAÇÃO NA PUBLICAÇÃO
SINDICATO NACIONAL DOS EDITORES DE LIVROS, RJ

S425c
5ª ed.

Schwab, Victoria, 1987-
   A cidade dos fantasmas / Victoria Schwab; tradução Marcela Filizola.
– 5ª ed. – Rio de Janeiro: Galera Record, 2023.

Tradução de: City of ghosts
ISBN: 978-65-5587-205-7

1. Ficção americana. I. Filizola, Marcela. II. Título.

21-68602

CDD: 813
CDU: 82-3(73)

Camila Donis Hartmann – Bibliotecária – CRB-7/6472

Título original norte-americano:
City of Ghosts

Copyright © 2018 by Victoria Schwab

Leitura sensível: Lorena Ribeiro

Todos os direitos reservados.

Proibida a reprodução, no todo ou em parte, através de quaisquer meios.
Os direitos morais da autora foram assegurados.

Texto revisado segundo o novo Acordo Ortográfico da Língua Portuguesa.

Direitos exclusivos de publicação em língua portuguesa somente para o Brasil adquiridos pela
EDITORA RECORD LTDA.
Rua Argentina, 171 - Rio de Janeiro, RJ - 20921-380 - Tel.: (21) 2585-2000, que se reserva a propriedade literária desta tradução.

Impresso no Brasil

ISBN 978-65-5587-205-7

Seja um leitor preferencial Record
Cadastre-se e receba informações sobre nossos lançamentos e nossas promoções.

Atendimento e venda direta ao leitor
sac@record.com.br

EDITORA AFILIADA

Para a cidade
onde guardo os meus ossos.

"Morrer seria uma grande aventura."
J.M. Barrie, *Peter Pan*

PARTE UM
OS ESPECTORES

CAPÍTULO UM

As pessoas acham que fantasmas só aparecem à noite, ou no Halloween, quando o mundo está escuro e as paredes estão mais finas. Mas, a verdade é que fantasmas estão por toda parte. Na seção de pães do supermercado, no jardim da sua avó, no assento da frente do ônibus.

Só porque você não pode vê-los não significa que não estejam lá.

Estou na aula de história quando sinto o *tap-tap-tap* no meu ombro, como pingos de chuva. Algumas pessoas chamam isso de intuição, outras de clarividência. Aquele formigar no limite dos seus sentidos avisando a você que existe algo *além*.

Essa não é a primeira vez que sinto isso — não mesmo. Nem mesmo a primeira vez que sinto isso na escola. Já tentei ignorar o chamado — sempre tento —, mas não adianta. Acabo perdendo a concentração e sei que a única maneira de fazer com que isso pare é cedendo. Preciso investigar por conta própria.

Do outro lado da sala, o olhar de Jacob encontra o meu e ele balança a cabeça. *Ele* não consegue sentir o *tap-tap-tap,* mas me conhece bem o bastante para saber quando *eu* o sinto.

Eu me ajeito na cadeira, fazendo um esforço para me concentrar na aula. O Sr. Meyer tenta corajosamente passar algum conteúdo, apesar de ser a última semana de aula antes das férias de verão.

— ... Durante o fim da Guerra do Vietnã, em 1975, as tropas americanas... — murmura ele, embora ninguém consiga ficar parado e muito menos prestar atenção. Derek e Will estão dormindo de olhos abertos, Matt está trabalhando no seu mais recente aviãozinho de papel. Alice e Melanie estão fazendo uma lista.

Alice e Melanie são as *meninas populares.*

Dá para perceber, porque elas são idênticas — o mesmo cabelo brilhoso, os mesmos dentes perfeitos, as mesmas unhas pintadas —, enquanto eu sou toda desajeitada, bochechuda e com o cabelo castanho e ondulado. Não tenho nenhum esmalte para chamar de meu.

Sei que deveríamos *querer* fazer parte do grupo dos populares, mas eu nunca quis, na verdade. Sei lá, parece que seria muito cansativo ter que acompanhar todas as regras. Sorria, mas não demais. Ria, mas não muito alto. Vista as roupas certas, faça os esportes certos e se importe com as coisas, mas nunca demais.

(Jacob e eu temos regras também, mas são diferentes.)

Falando nele, Jacob se levanta e vai até a mesa de Melanie. *Ele* poderia ser um dos garotos populares, eu acho, com o cabelo loiro desleixado, os olhos azuis e o senso de humor.

Jacob lança um olhar diabólico para mim, então senta na beirada da mesa dela.

Ele *poderia* ser um dos garotos populares, mas tem um problema.

Jacob está morto.

— "Coisas que precisamos para a noite de filmes..." — diz ele, lendo em voz alta o papel de Melanie. No entanto, sou a única que pode ouvi-lo. Melanie dobra outro papel, um convite (percebo pelas letras maiúsculas e pela caneta cor-de-rosa), e se estica para entregá-lo a Jenna, que está sentada na frente dela. Ao fazer isso, a mão da Melanie atravessa o peito de Jacob.

Ele olha para baixo como se estivesse ofendido e sai de cima da mesa.

O *tap-tap-tap* continua na minha cabeça, como um sussurro que não consigo ouvir bem. Impaciente, olho para o relógio na parede, esperando o sinal do almoço tocar.

A seguir, Jacob perambula até a mesa de Alice, examinando as muitas canetas coloridas enfileiradas ali. Ele chega bem perto e cuidadosamente leva um dedo até as canetas, concentrando-se inteiramente na mais próxima e cutucando-a.

Mas o objeto não se move.

Nos filmes, *poltergeists* conseguem levantar televisões e empurrar camas pela casa, mas, na vida real, é preciso *muito* poder sobrenatural para um fantasma alcançar o outro lado do Véu — a cortina entre o mundo deles e o nosso. E aqueles que têm tamanha força tendem a ser bem velhos e não muito legais. Os vivos conseguem extrair força do amor e da esperança, enquanto os mortos se fortalecem de coisas mais sombrias. De dor, raiva e arrependimento.

Jacob franze o cenho ao tentar — sem sucesso — dar um peteleco no avião de papel do Matt.

Fico feliz por ele não ser feito de tais coisas.

Não sei quanto tempo faz que Jacob está *morto* (penso na palavra silenciosamente porque sei que ele não gosta dela). Não pode ter *tanto* tempo assim, afinal, não há nada retrô a respeito dele — a camisa é de super-herói, os jeans são escuros e o tênis é de cano alto —, mas Jacob não fala sobre o que aconteceu e eu não pergunto. Amigos merecem alguma privacidade — embora ele consiga ler os meus pensamentos. Eu não consigo ler os dele, mas, levando tudo isso em consideração, prefiro estar viva e não ter esse poder a ter e ser um fantasma.

Ele olha para cima quando penso na palavra *fantasma* e dá um pigarro.

— Prefiro a expressão "com deficiência corpórea".

Reviro os olhos, pois Jacob sabe que eu não gosto quando ele lê a minha mente sem pedir permissão. Sim, é um efeito colateral estranho da nossa relação, mas, por favor, né? Limites!

— Não tenho culpa se você pensa tão alto — responde Jacob com um sorriso irônico.

Solto uma bufada, e alguns alunos olham na minha direção. Eu me abaixo na cadeira e esbarro o tênis na minha mochila no chão. O convite que Melanie passou para Jenna percorre a sala, mas não chega na minha mesa. Não me importo.

Falta pouco para as férias de verão, ou seja, ar fresco, sol e leituras por diversão. Também conhecida como a viagem de família anual para a casa de praia em Long Island, que meus pais alugaram para trabalhar no próximo livro deles.

E o mais importante de tudo, nada de assombrações.

Tem algo sobre a casa de praia — talvez o fato de ser tão nova ou de estar localizada em um trecho calmo do litoral —, mas parece haver menos fantasmas lá do que aqui, na parte norte de Nova York. E isso quer dizer que, assim que acabarem as aulas, vou ter seis semanas inteiras de sol, areia e boas noites de descanso.

Seis semanas sem *tap-tap-tap* de espíritos inquietos.

Seis semanas para me sentir *quase normal*.

Mal posso esperar pelas férias.

Mal posso esperar... mesmo assim, no momento em que o sinal toca, levanto imediatamente, ponho a mochila em um ombro e a alça roxa da câmera fotográfica no outro e deixo os meus pés me levarem em direção àquele *tap-tap-tap* persistente.

— Sei que é uma ideia tola — ironiza Jacob, passando a andar ao meu lado —, mas a gente *podia* simplesmente ir almoçar.

Hoje é *Quinta-feira de Bolo de Carne*, penso, com cuidado para não responder em voz alta. *Prefiro enfrentar os fantasmas.*

— Ei, calma aí — diz ele. No entanto, nós dois sabemos que o Jacob não é um fantasma *normal*, assim como eu não sou uma garota normal. Não mais. Houve um acidente. Uma bicicleta. Um rio congelado. E, para encurtar a história, ele salvou a minha vida.

— Pois é, sou praticamente um super-herói — comenta Jacob, logo antes da porta de um dos armários dos alunos bater na cara dele. Estremeço, mas ele passa direto pela porta. Não é como se eu me *esquecesse* do que o Jacob é — é bem difícil esquecer quando o seu melhor amigo é invisível para o resto das pessoas. Mas é impressionante as coisas com as quais nos acostumamos.

O fato de Jacob me assombrar durante o ano inteiro nem é a parte mais estranha da minha vida. Acho que isso diz muito sobre mim.

Chegamos na bifurcação do corredor. À esquerda, seguimos por outro corredor. À direita, para as escadas.

— Última chance para ser normal — avisa Jacob, já com um sorriso torto. Nós dois sabemos que passamos da normalidade há muito tempo.

Viramos à direita.

Descemos as escadas e atravessamos mais um corredor, contra o fluxo de pessoas indo para o almoço. A cada virada, o *tap-tap-tap* fica mais forte, como se uma corda me puxasse. Eu nem preciso pensar na direção que preciso ir. Na verdade, é mais fácil se eu *parar* de pensar e simplesmente deixar isso me fisgar.

Sou levada até a entrada do auditório. Jacob põe as mãos nos bolsos e resmunga algo sobre péssimas ideias. Eu lembro a ele que não precisava ter me acompanhado, embora eu esteja feliz pela companhia.

— Regra de amizade #9 — lembra ele —: observar fantasmas é um esporte de duas pessoas.

— Verdade, é mesmo — respondo, destampando a lente da máquina fotográfica. É uma câmera analógica meio grandona e antiga, com o visor quebrado e um filme preto e branco, que carrego pendurada no ombro por uma alça roxa grossa.

Se algum professor me pegar no auditório, digo que estava tirando fotos para o jornal da escola. Apesar de todos os clubes já terem terminado as atividades desse ano...

E de eu nunca ter trabalhado para o jornal.

Empurro as portas do auditório e entro. O teatro é enorme, com o pé-direito alto e pesadas cortinas vermelhas que escondem o palco.

De repente me dou conta do motivo que faz o *tap-tap-tap* me levar até ali. Todas as escolas têm histórias. Teorias para explicar aquele ranger no banheiro masculino, o local frio nos fundos da sala de inglês, o cheiro de fumaça no auditório.

A minha escola é igual. A única diferença é que, quando escuto uma história de fantasma, posso descobrir se é verdade ou não. Na maioria das vezes, não é.

O som de algo rangendo é só uma porta com dobradiças ruins.

A sensação de frio é só uma corrente de vento.

Mas, ao seguir o *tap-tap-tap* pelo corredor do teatro até o palco, sei que tem alguma coisa sobre essa história em particular.

É aquela do menino que morreu em uma peça de teatro.

Parece que muito, muito tempo atrás, quando a escola tinha acabado de abrir, houve um incêndio no segundo ato de *Sonho de uma noite de verão*. O cenário pegou fogo, mas todos conseguiram sair — ou foi o que pensaram.

Até acharem um menino sob o alçapão.

Jacob estremece ao meu lado e eu reviro os olhos. Para um fantasma, ele se assusta com muita facilidade.

— Já parou para pensar — observa ele — que você não se assusta com facilidade suficiente?

Mas me assusto, sim, tanto quanto qualquer um. Acredite se quiser, não *quero* passar o meu tempo procurando fantasmas. É só que, se eles estiverem *lá*, não posso simplesmente ignorar isso. É como saber que tem alguém de pé logo atrás de você e não poder virar. Dá para sentir a respiração no pescoço, e cada segundo sem ver parece pior na nossa imaginação porque, no fim das contas, o que não vemos é sempre mais assustador do que aquilo que vemos.

Subo no palco, com Jacob logo atrás. Consigo sentir a hesitação dele, uma relutância que tenta me segurar conforme levanto um pedaço da pesada cortina vermelha e sigo para os bastidores. Jacob também atravessa a cortina.

Está escuro ali — tão escuro que demoro uns segundos para ajustar a visão aos vários adereços e bancos espalhados pelo palco. Um filete de luz passa por debaixo da cortina. Embora esteja silencioso, há uma sensação estranha de movimento. O leve barulho dos sacos de areia se acomodando no mecanismo. O sussurro do ar sob as tábuas do assoalho. O farfalhar que espero ser de papéis e não de ratos.

Sei que alguns dos alunos mais velhos da escola fazem desafios entre eles para ver quem tem coragem de ir até lá, encostar o ouvido no chão e escutar o barulho do menino que não conseguiu sair. Uma vez, no corredor, ouvi eles se gabando disso, de quanto tempo cada um tinha aguentado. Um minuto. Dois. Cinco. Alguns dizem ter ouvido a voz do garoto. Outros dizem ter sentido o cheiro da fumaça, escutado os passos dos alunos que conseguiram escapar correndo. Mas é difícil saber o que é boato e o que é verdade.

Ninguém *me* desafiou a ir até lá. Não foi necessário. Quando os seus pais escrevem livros sobre atividades paranormais, as pessoas presumem que você é esquisito o bastante para ir por conta própria.

E acho que estão certos.

Estou no meio do palco escuro quando tropeço em alguma coisa e caio. As mãos de Jacob se apressam para me segurar, mas os dedos passam direto e eu bato o joelho no chão de madeira. Apoio as palmas das mãos com força e fico surpresa ao notar que o chão mexe um pouco, então percebo que estou em cima do alçapão.

O *tap-tap-tap* se torna mais insistente sob as minhas mãos. Algo se move no limite do meu campo de visão: uma cortina cinza fina cercada por uma brisa constante. Diferente da cortina vermelha do palco. Essa ninguém mais consegue ver.

O Véu.

O limite entre este mundo e outro lugar, entre os vivos e os mortos. É isso que estou procurando.

Inquieto, Jacob desloca o seu peso de um pé para o outro.

— Vamos acabar logo com isso.

Eu me levanto novamente.

— Toque-fantasma — digo, para dar sorte. Isso é como um "toca aqui" entre amigos que não conseguem encostar um no outro. Basicamente eu estico a mão e ele finge bater nela, e nós dois fazemos um som de "pow" na hora que as mãos se tocam.

— Ai — brinca Jacob, tirando a mão —, você bateu com muita força.

Eu rio. Ele é tão bobo às vezes. Mas a risada abre um espaço no meu peito, limpa o medo e o nervosismo conforme me aproximo do Véu.

Já vi pessoas na TV — pessoas que se comunicam com fantasmas — falando sobre atravessar, sobre se conectar com o outro lado, como se fosse ligar e desligar um interruptor ou abrir uma porta. Mas, para mim, é isso: encontrar uma parte da cortina, segurar o tecido e puxar.

Às vezes, quando não tem nada para encontrar, o Véu quase não está lá, é mais fumaça do que tecido e é difícil de pegar. Mas quando um lugar é assombrado — *realmente* assombrado —, o tecido se enrosca em mim, praticamente me puxando.

Nesse momento, bem nesse instante, ele dança entre os meus dedos, esperando para ser pego.

Eu seguro a cortina, respiro fundo e puxo.

CAPÍTULO DOIS

Quando eu era pequena, eu costumava ter medo do monstro no armário e não conseguia dormir até o meu pai entrar no quarto, escancarar a porta do móvel e me mostrar que estava vazio. Atravessar o Véu é como abrir o armário.

É claro que a diferença é que monstros não são reais. O armário estava realmente vazio.

Já o Véu... não.

Um arrepio atravessa minha pele. Por um segundo, não estou nos bastidores do teatro, mas embaixo da água, com a correnteza fria se fechando acima de mim e com a luz desaparecendo conforme algo pesado me puxa para baixo, mais e mais e...

— Cassidy.

Pisco ao ouvir a voz de Jacob, e a lembrança do rio desaparece. Estou novamente no teatro e tudo está igual, porém diferente. O palco está apagado, como em uma fotografia antiga, mas não está tão escuro quanto antes. Em vez disso, está iluminado por um punhado de holofotes, e posso ouvir o murmúrio do público atrás da cortina.

Jacob continua ao meu lado, mas seu corpo está sólido, real. Olho para o meu corpo. Como sempre, sou mais ou menos a mesma, um pouco desbotada, mas ainda sou eu, inclusive com a câmera pendurada no pescoço. A única diferença real é a luz dentro do meu peito. Há uma espiral de luz fria, branca em tom azulado, como o filamento no centro de uma lâmpada.

Como o Homem de Ferro, brinca Jacob às vezes. Eu seguro a câmera em frente ao meu peito para encobrir o brilho.

— A postos! — ordena uma voz adulta das laterais do palco. Eu dou um pulo, e Jacob segura a manga da minha camisa para me equilibrar. Dessa vez, a mão dele não atravessa. Ele pesa mais, ou eu peso menos, mas de todo modo fico feliz com o contato.

— Segundo ato! — acrescenta a voz.

Então compreendo o que é isso.

Quando é isso.

A noite do incêndio.

Em uma enxurrada, como morcegos que foram libertados, meninos e meninas, usando coroas de fadas e capas que brilham, correm pelo palco. Eles não notam a nossa presença. As cortinas sobem, e a plateia no escuro murmura. O meu primeiro impulso é me esconder, retornar correndo para as laterais do palco, mas de repente lembro que a plateia não está lá de verdade. O lugar, o espaço, o tempo — tudo isso pertence ao fantasma. E às memórias dele.

O restante é só cenário.

Ergo a câmera, sem me incomodar com olhar o visor (que está quebrado). Tiro algumas fotos rápidas, sabendo que o máximo que vou ver no filme é uma sombra do que está ali. Um pouco mais do que o normal. Um pouco menos do que a verdade.

— E pensar — sussurra Jacob, desejoso — que poderíamos estar no refeitório, almoçando como pessoas normais.

— Você não pode comer e eu vejo fantasmas — sussurro de volta conforme o segundo ato começa. As fadas se reúnem na floresta improvisada em torno da rainha.

Analiso o palco, as pontes acima e os adereços, procurando a causa do incêndio. Talvez por isso lugares assim me atraiam. Os fantasmas ficam aqui por uma razão. Quem sabe se alguém descobrir a verdade — se *eu* descobrir a verdade — sobre o que aconteceu, isso traga paz. Faça com que eles vão embora.

— Não é assim que funciona — cochicha Jacob.

Viro o rosto para ele.

— O que você quer dizer?

Ele abre a boca para responder na hora em que um garoto aparece. Ele é baixo, pálido e de cabelo preto cacheado, e eu sei que é ele, o fantasma — tenho essa sensação, como se o chão se inclinasse na direção dele.

Observo conforme a capa do menino fica presa nas cordas e na estrutura nas laterais do palco. Ele consegue se livrar, cambaleando para a frente da gente, mas então deixa cair a coroa e precisa voltar. Por um segundo, o olhar dele encontra o meu. Parece que ele me vê, e eu fico com vontade de dizer alguma coisa, mas Jacob põe a mão sobre a minha boca e balança a cabeça.

A música começa, os olhos do menino ficam confusos, e o vejo assumindo a sua posição.

— Melhor a gente ir — sussurra Jacob. No entanto, não consigo, ainda não. Preciso saber o que aconteceu.

Como se tivesse sido combinado, escuto o chiado de uma corda e me viro no momento em que a estrutura — aquela na qual o menino havia ficado preso — solta e desenrola. Um saco de areia escorrega, afunda e cai, acertando uma caixa de energia e atingindo um fusível.

Uma faísca surge — só uma faísca, uma coisa tão pequena —, e eu observo conforme ela salta para a coisa mais próxima: um pedaço da floresta de papel que não tinha sido usado, que havia sido deixado de lado nas laterais do palco.

— Ah, não — murmuro enquanto a peça continua.

No início, não é um incêndio. É só calor e fumaça. Uma fumaça que passa despercebida no teatro escuro. Olho para cima e vejo aquela centelha pequena se espalhar, aumentando e cobrindo o teto como uma nuvem baixa. Ainda assim, ninguém percebe.

Até o instante em que, por fim, aquilo vira um incêndio.

Há muito material para combustão no palco, como a floresta feita de tábuas de madeira, gaze e tinta. O cenário pega fogo tão rápido que finalmente o feitiço da peça se quebra. Os alunos vestidos de fada se espalham, enquanto o público entra em pânico, e sei que é apenas uma memória, um eco de algo que já ocorreu, mas posso *sentir* o calor que se espalha.

Jacob pega a minha mão e me puxa para longe das chamas violentas.

Mesmo em meio ao pânico, os meus dedos giram a manivela da câmera, batendo fotos, ansiosos para capturar alguma coisa conforme o mundo em volta se transforma em fumaça, fogo e pavor.

Começo a sentir o meu pensamento ficar nebuloso, como se eu estivesse prendendo a respiração. Sei que já fiquei ali tempo o bastante, que está na hora de ir, mas os meus pés não se movem.

E então vejo o menino de cabelo escuro tentando se manter agachado, como somos ensinados a fazer em caso de um incêndio. Contudo, o fogo está se espalhando rápido demais, engolindo o cenário e subindo pelas cortinas. Não há para onde fugir, o palco inteiro está em chamas, por isso ele engatinha até chegar ao alçapão.

— Não! — grito, mas é óbvio que de nada adianta. O garoto não me escuta, não vira o rosto. Ele abre a porta e desce para a escuridão bem no momento em que um pedaço do cenário em chamas cai no palco, emperrando a entrada do alçapão.

— Cassidy — diz Jacob, mas não consigo afastar o meu olhar do fogo, mesmo com os meus pulmões se enchendo de fumaça.

Jacob me agarra pelos ombros.

— Temos que *ir* — ordena ele. E, como continuo sem me mexer, ele me dá um empurrão. Eu tropeço em um banco de madeira e caio para trás. Assim que bato no chão, ele está frio. O fogo se foi, e a luz no meu peito também. Jacob está agachado, olhando para mim, novamente em estado fantasma, conforme eu me sento sem conseguir respirar.

Às vezes, eu fico *presa*, sabe.

É como a Terra do Nunca do *Peter Pan*: quanto mais tempo os Meninos Perdidos ficavam lá, mais eles esqueciam. Quanto mais fico do lado errado do Véu, mais difícil é sair.

Jacob cruza os braços.

— Está feliz agora?

Feliz não é a palavra correta. A batida ainda está lá — ela nunca para —, mas pelo menos agora sei o que tem do outro lado. Isso facilita na hora de ignorar o barulho.

— Desculpa. — Fico de pé e limpo cinzas invisíveis do meu jeans. Ainda consigo sentir o gosto da fumaça.

— Regra de amizade #21 — diz Jacob. — Não deixe o seu amigo no Véu.

O sinal da escola toca no momento em que ele fala isso.

O horário de almoço oficialmente acabou.

CAPÍTULO TRÊS

Antes de continuarmos, preciso voltar um pouco. Estas são as três coisas que você precisa saber.

#1: Desde que me entendo por gente, tiro fotos.

O meu pai diz que o mundo está sempre mudando, a cada segundo, a cada dia, assim como tudo nele, o que significa que a *pessoa* que você é neste momento é diferente da *pessoa* que você era quando começou a ler esta frase. Incrível, né? E as nossas memórias mudam também. (Por exemplo, eu podia *jurar* que o meu ursinho de pelúcia da infância era verde, porém, de acordo com os meus pais, era laranja.) Mas ao contrário das memórias, quando tiramos fotos, as coisas ficam congeladas. O que elas foram é o que elas são e é o que sempre vão ser.

Por isso que eu amo fotografias.

#2: O meu aniversário é no fim de março, bem quando as estações se juntam. Quando o sol está quente, mas o vento está frio, e as árvores estão começando a florescer, porém a terra ainda não descongelou totalmente. A minha mãe gosta de dizer que eu nasci com um pé no inverno e o outro na primavera. Esse é o motivo pelo qual eu não consigo ficar quieta e, por isso (segundo ela), estou sempre procurando confusão — porque não pertenço a um único lugar.

#3: Nós moramos em uma cidade de subúrbio cercada por campos e morros (e uma boa quantidade de fantasmas) e árvores que mudam de cor e rios que congelam no inverno e mil paisagens perfeitas.

Essas três coisas — as fotos, o tempo e o lugar — não parecem conectadas, mas são todas importantes, prometo. Fios do tecido.

No meu aniversário de 11 anos, os meus pais me deram uma câmera de presente, essa analógica que vocês já conhecem, com uma alça roxa e um flash antigo e um diafragma manual. Todos os alunos da escola usam os celulares para fazer fotos, mas eu queria algo sólido, algo real. Foi amor à primeira vista, e imediatamente eu sabia aonde queria ir, o que queria fotografar.

Tem um lugar a alguns quilômetros da nossa casa, uma fenda nos morros, e quando o sol se põe ele fica aninhado bem ali, entre as duas inclinações, como uma bola na mão de alguém. Eu já tinha ido lá diversas vezes e nunca parecia igual. Então tive a ideia de voltar lá todos os dias por um ano, capturando cada pôr do sol.

E queria começar bem naquele momento.

Lembra o que eu disse sobre ter nascido em março? Bem, pela primeira vez naquele ano, estava de fato quente o bastante para andar de bicicleta, mesmo que ainda tivesse um vento cortante no ar, como a minha mãe gosta de dizer. Então pendurei a alça roxa da câmera no pescoço e saí de bicicleta em direção aos morros, correndo contra o pôr do sol, meus pneus sibilando na terra ainda semicongelada, atravessando as ruas, o campo de futebol e indo até a ponte.

A ponte. Um trecho curto de metal e madeira suspenso sobre a água, o tipo de ponte que é necessário atravessar um de cada vez por não ser larga o bastante para dois carros. Eu estava na metade do caminho quando um caminhão perdeu a direção na curva e veio para cima de mim.

Desviei do caminhão, e ele de mim, com os pneus guinchando conforme a bicicleta batia no guarda-corpos com força suficiente para soltar faíscas. Com força suficiente para me lançar sobre o guidão.

E por cima do guarda-corpos.

Então eu caí. Parece simples, não é? Como cambalear, tropeçar, raspar o joelho. Mas foi uma queda de 6 metros até a água, que havia estado totalmente congelada apenas dias antes. E quando o meu corpo quebrou a superfície, a força e o frio tiraram todo o ar dos meus pulmões.

Fiquei com a visão toda branca, então toda preta, e quando finalmente voltei a enxergar ainda estava afundando, com a câmera como chumbo no meu pescoço, me puxando mais e mais para baixo. O rio ficou escuro; na superfície acima, a ondulação de luz era cada vez menor. Em algum lugar, para além da água, achei que tivesse visto alguém, o borrão de uma pessoa, uma sombra. Mas então a sombra sumiu, e eu continuei afundando.

Não pensei na morte.

Não pensei em nada além da água congelante nos meus pulmões, a pressão do rio sobre meu corpo, e até mesmo essas coisas começaram a sumir, e tudo em que pensei foi: *Estou me afastando mais da luz.* Dizem para irmos até ela, e eu tentei, mas não consegui. Os membros do meu corpo estavam muito pesados. Não havia mais ar nenhum sobrando.

Não lembro o que aconteceu em seguida. Não exatamente.

O mundo meio que vacilou, tipo quando um filme congela, fica preso, pula para a frente. E depois eu estava sentada à margem do rio, tentando recuperar o fôlego, e havia um menino agachado perto de mim, vestindo jeans e uma camisa de super-herói, com o cabelo loiro arrepiado como se ele tivesse acabado de passar os dedos pela cabeça.

— Essa foi por pouco — observou ele.

Naquele momento, eu não tinha ideia.

— O que houve? — perguntei, batendo os dentes.

— Você caiu — explicou ele. — E eu puxei você para fora.

O que não fazia sentido, porque eu estava ensopada, mas ele não estava nem molhado. Talvez se eu não estivesse tremendo tanto, talvez se os meus olhos não estivessem doendo do rio, talvez se a minha cabeça não estivesse cheia de gelo, eu tivesse reparado na estranha palidez cinzenta dele. A forma como eu quase, quase, *quase* conseguia ver através dele. Mas eu estava muito cansada e com muito frio.

— Eu me chamo Jacob — disse ele.

— Cassidy — falei, deitando de novo na margem.

— Ei — disse ele, inclinando-se acima de mim — ... fique acordada...

Ouvi outras vozes, então o barulho de portas de carro batendo, de botas derrapando pela margem semicongelada, e senti o calor distante do casaco de alguém. Contudo, eu não conseguia manter os olhos abertos. Quando acordei, estava em uma cama de hospital, e os meus pais estavam ali, com as mãos quentes segurando as minhas.

Jacob também estava lá, sentado de pernas cruzadas em uma cadeira de hospital vazia (não demorou muito para que eu percebesse que ninguém mais podia vê-lo). A minha câmera estava sobre a mesa de cabeceira, com a alça roxa desfiada e o visor quebrado. Danificada mas não arruinada, modificada mas não destruída. Tipo eu.

Um pouco especial.

Um pouco estranha.

Não exatamente viva, mas definitivamente não...

Quer dizer, será que uma pessoa pode realmente morrer se ela não acaba morta? Será que está realmente viva se voltar?

A palavra para isso deveria ser *morto-vivo,* mas não sou um zumbi. O meu coração tem aquele *tum-tum* constante, e eu como e durmo e faço todas as coisas ligadas a "viver".

Quase morte. É como chamam isso. Mas sei que não foi apenas "quase".

Eu estava totalmente colada a ela. Embaixo dela. Tempo o bastante para que os meus olhos se ajustassem, da mesma forma como se ajustariam em um quarto escuro. Tempo o bastante para que eu conseguisse ver o contorno do espaço antes de ser puxada de volta para a luz clara e fria.

No fim das contas, acho que a minha mãe estava certa.

Tenho um pé no inverno e outro na primavera.

Um pé com os vivos e outro com os mortos.

Uma semana depois, encontrei o Véu.

Jacob e eu estávamos passeando e tentávamos entender a nossa estranha conexão — digo, eu nunca tinha sido assombrada antes, e ele nunca tinha assombrado ninguém também — quando aconteceu.

Estávamos cortando caminho por um terreno baldio e, de repente, eu senti: aquele *tap-tap-tap* de alguém encarando, aquele calafrio ao sentir uma teia de aranha tocar na pele. De esguelha, vi o contorno de um tecido cinza. Eu deveria ter desviado o olhar, mas não fiz isso. Não consegui. Eu me virei na *direção* daquilo. Ao pegar a cortina com as mãos, por um instante, eu estava caindo de novo, me chocando contra a superfície do rio. Mesmo assim, não a soltei.

Quando pisquei, Jacob ainda estava ao meu lado, só que ele havia ficado *sólido*, real, e parecia tão confuso quanto eu. Além disso, o terreno baldio não estava mais vazio. Estávamos em um armazém, com o *crank* e *clank* do metal ecoando das paredes, e alguém em algum lugar estava chorando. O Véu em si não me assustou, mas aquele barulho, a sensação de entrar na vida — ou na morte — de outra pessoa me assustou, então me libertei daquele lugar o mais rápido possível, arrancando o Véu como se *fosse* realmente apenas uma teia de aranha presa nas minhas roupas.

Jurei que jamais voltaria.

Eu achava que estava sendo sincera.

No entanto, umas duas semanas depois, senti aquilo de novo, o *tap-tap-tap*, o roçar do tecido cinza e, antes de me dar conta, eu estava estendendo a mão, puxando a cortina para o lado, enquanto Jacob resmungava e reclamava, mas atravessava comigo a contragosto.

E aqui estamos, um ano depois.

Para a maioria das pessoas, vida e morte são conceitos bastante concretos. Mas alguma coisa aconteceu no dia que Jacob me tirou da água. Acho que eu o tirei de um lugar também, e ficamos interligados. Então, agora, eu não estou inteiramente viva e ele não está inteiramente morto.

Se estivéssemos em uma história em quadrinhos, essa seria a nossa narrativa de origem.

Alguns levam uma mordida de aranha ou uma imersão em ácido.

Nós levamos um rio.

CAPÍTULO QUATRO

— Tipo, com certeza *Batgirl* — diz Jacob —, a reedição, não o original...

— Certo. — O meu tênis raspa contra o asfalto conforme andamos para casa. Há dois de nós, mas apenas uma sombra na rua. Estamos discutindo quais revistas em quadrinhos devo levar para ele durante as férias na praia.

— E não podemos esquecer o novo *Skull e Bone*... — acrescenta Jacob.

Skull e Bone é o quadrinho favorito dele. A história é sobre um cowboy morto chamado Skull Shooter, que é ressuscitado para caçar espíritos canalhas com o seu cachorro da raça wolfhound (Bone). Jacob segue listando opções, tentando decidir entre *Thor #31* ou *Skull #5*, mas não estou realmente prestando atenção. Algo está me incomodando.

No auditório, quando pensei que podia ajudar o menino fantasma ao ver o que havia acontecido, Jacob disse: *Não é assim que funciona*. A questão é que ele nunca fala dessa forma, nunca diz *nada* sobre o Véu. Sempre presumi que Jacob não *soubesse* por que me sinto tão atraída pelo Véu. Ou como consigo atravessá-lo. Ou o que eu deveria fazer lá. Mas e se ele souber, *sim*, e só não estiver me falando?

Ele pode me ouvir nesse instante, pensando, questionando.

— Regra #7 — diz Jacob. — Não seja enxerida.

Sim, claro, penso. No entanto, a primeira regra de amizade é *não guarde segredos.*

Ele suspira.

— Não posso contar tudo, Cass. Existem regras para ser... — Jacob faz um gesto para si mesmo.

— Que tipo de regras? — insisto.

— Regras que são regras! — dispara ele, ficando com o rosto vermelho. Detesto vê-lo chateado, então deixo para lá. O que significa que *não* paro de pensar sobre isso — e penso bem alto, na direção dele. Mesmo assim, Jacob finge que não consegue me ouvir, e não pergunto de novo em voz alta.

— Pode escolher seis revistas em quadrinhos — digo em vez disso.

Ele faz um biquinho, mas é tão exagerado que sei que é de brincadeira. É isso que eu amo no Jacob. Mesmo quando ele fica irritado, não dura muito. Parece que nada permanece.

— Tá bem, sete — cedo conforme chegamos na minha rua —, mas a palavra final é minha. E nada de *Batman.*

Ele fica horrorizado.

— Sua herege.

Bato os dedos na câmera, me perguntando se alguma das fotos que tirei no Véu vai sair. Percebo que só resta uma foto no filme.

— Sorria — peço, e Jacob faz o sinal da paz com os dedos, mas sem encarar a câmera na hora da foto. Ele jamais olha.

— Nunca ouviu falar, não? — Ele costuma brincar. — Fotos roubam a nossa alma. Além disso, não é como se eu fosse aparecer.

Click.

Continuamos em frente e, alguns minutos depois, surge a nossa casa, uma daquelas casas vitorianas antigas que parecem mal-assombradas.

(Não é assombrada.)

(A não ser pelo Jacob.)

(E ele não conta.)

— Que grosseria — murmura ele, me seguindo para dentro.

Tiro os sapatos e os deixo perto da porta da frente, próximo a uma pilha de livros. Há mais livros entre o escritório e o corredor. Alguns são para pesquisa — história, religião, mitologia e folclore — e outros são romances. Há ainda alguns com o nome dos meus pais na capa e títulos adornados de prateado ou de dourado:

OS ESPECTORES.

É um jogo de palavras, entende? Porque um *inspetor* é uma pessoa que procura e analisa alguma coisa, enquanto um *espectro* é outra palavra para *fantasma*. Então um *espector* é uma pessoa que procura e analisa fantasmas.

Os meus pais escreveram uma série inteira — já estão no sexto volume agora. São livros históricos, mas com histórias de fantasma no meio, sempre misturando fatos comprovados e mitologia. São bem populares. No caminho, pego a última edição e olho a foto na quarta capa. Vejo um homem magro, vestindo um blazer de lã e com o cabelo escuro, apesar de uns fios grisalhos na têmpora (esse é o meu pai). Ele segura um caderno embaixo de um braço e usa os óculos acomodados na ponta do nariz. Ao lado dele, há uma mulher de calça clara e blusa colorida, com o cabelo encaracolado rebelde preso com canetas em um coque bagunçado. Ela está com um livro aberto nas mãos e as páginas estão esvoaçando como se houvesse uma brisa (essa é a minha mãe).

E, enroscado aos pés dos dois, há um monte de pelo preto com olhos verdes. O nosso gato, Ceifador.

O resultado da foto é uma mistura entre história e magia, com uma pitada da boa e velha superstição.

O engraçado é que o meu pai nem mesmo *acredita* em fantasmas (o editor dos livros, na verdade, gosta do fato de ele ser cético, pois isso mantém as histórias mais "pé no chão" e os leitores se identificam mais com elas). Os meus pais formam um bom time: ele é o acadêmico e ela é a sonhadora. Ele se concentra em explicar o passado enquanto ela cria histórias de fantasma, explorando as *possibilidades* e *suposições*.

E eu? Eu fico fora disso.

Porque os dois não sabem toda a verdade sobre mim. Nunca contei o que *realmente* aconteceu no rio, nunca contei sobre o Véu ou as coisas que eu vejo do outro lado. Parece um segredo que devo deixar guardado.

Então os meus pais falam — e escrevem — sobre fantasmas, mas não conseguem vê-los de fato.

E eu consigo ver fantasmas, mas não quero falar — nem escrever — sobre isso.

Tenho quase certeza de que o nome disso é *ironia*.

— Oi? — grito. — Tem alguém em casa?

A voz da minha mãe ecoa pelo corredor; ela está falando ao telefone no escritório. Pela forma como se coloca, sei que está sendo entrevistada.

— Se eu penso que existe algo mais no mundo além do que podemos entender? — Minha mãe repete a pergunta. — É claro. Seria totalmente arrogante pensar o contrário...

A cabeça dela aparece no vão da porta (com o coque, como de costume, parecendo um porco-espinho feito de canetas) e ela sorri para mim, mas continua falando:

— Fantasmas, resíduos, espíritos, espectros, chame como quiser... — Ela me puxa para um abraço sem diminuir o ritmo da entrevista. — Claro, a ciência pode explicar algumas coisas, mas quando diferentes pessoas experimentam o mesmo acontecimento sobrenatural, veem o mesmo fantasma, relatam a mesma história, devemos perguntar por quê.

Ela afasta o rosto do telefone.

— O seu pai está chegando — sussurra minha mãe no meu cabelo.
— Não vá muito longe. Precisamos conversar.

Precisamos conversar.

Duas palavras que você nunca quer ouvir. Tento pedir uma dica sobre a conversa, mas a minha mãe já se afastou, dizendo ao entrevistador:

— Bem, sim. De fato, já senti a presença de fantasmas.

Provavelmente é verdade.

— Já *vi* fantasmas.

Jacob passa a mão diante do rosto dela.

Menos verdadeiro.

É bem estranho, mas a minha mãe meio que sabe sobre o Jacob. Existe apenas um número X de vezes em que é possível conversar com o seu melhor amigo invisível sem ter que dar explicações.

Só que eu não sei se ela realmente acredita em fantasmas ou se ela só *quer* acreditar porque isso torna o mundo mais interessante. Minha mãe afirma ter tido a sua cota de experiências paranormais e diz que "sensibilidade" a respeito de coisas sobrenaturais está no nosso sangue. De acordo com ela, é importante manter a mente aberta em relação a coisas estranhas e inexplicáveis.

O que eu *sei* é que ela não é condescendente em relação ao Jacob como o meu pai. Ela não se refere a ele como o meu amigo imaginário, nem me pergunta zombando como está sendo o dia *dele*, ou o que *ele* quer jantar.

Se o Jacob quer que eu diga alguma coisa para ela, minha mãe escuta.

O meu estômago ronca por eu ter perdido o almoço. Então saio do escritório e vou até a cozinha para fazer um sanduíche de PA + B + C, isto é, pasta de amendoim, banana e chocolate em pedaços, também conhecido como o melhor sanduíche do mundo, não importa o que o Jacob fale. (Acho que ele só está com inveja por não poder comê-lo.) Enfio metade do sanduíche na boca, ponho o resto na geladeira para comer mais tarde e sigo para o andar de cima.

O nosso gato, Ceifador, está dormindo na minha cama.

Apesar da expressão dele no livro dos meus pais, na vida real, falta para Ceifador aquilo que a minha mãe chama de *dignidade felina básica*. No momento, por exemplo, ele está esparramado com as patas para cima, como um cachorro se fingindo de morto. Quando jogo a minha bolsa de livros no chão, Ceifador sequer se mexe. Faço carinho atrás das orelhas dele apenas para me certificar de que está vivo e depois vou direto para o quarto que costumava ser o meu closet.

O meu pai me ajudou a convertê-lo. Passamos uma semana tirando todas as prateleiras e transformando o pequeno cômodo em um quarto escuro de fotografia perfeito. Tem uma mesa com bobinas, uma lata de revelação, um ampliador, papel fotográfico e recipientes para os químicos. Tem inclusive um cabo de aço com pequenos clipes para pendurar as fotografias molhadas. Tudo que uma fotógrafa precisa.

Jacob já está lá dentro, porque ele não respeita coisas como portas e escadas.

Ele dá de ombros, recostando-se contra a parede.

— Vantagens de ser um fantasma: atalhos.

Levanto a câmera, rebobino o filme e então abro a portinhola, virando o rolo na minha mão.

Em seguida, fecho a porta do closet, mergulhando o cômodo — assim como nós dois — em total escuridão.

Bem, seria total escuridão se Jacob não... brilhasse. Não é muito claro; é tipo um luar. Não atrapalha o filme fotográfico, mas também não me ajuda a ver as coisas e, por isso, ainda preciso confiar nas minhas mãos para fazer o trabalho.

Abro o rolo e jogo o filme na minha mão, depois o enrosco na pequena bobina de metal e a ponho no tanque de revelação, que é tipo um banho rápido.

Então ligo um interruptor, e o pequeno closet se enche de luz vermelha, o que lança um brilho misterioso em nós dois, como em um filme de terror. (Jacob mexe os dedos e faz um som assustador.)

Acrescento água para enxaguar o filme e depois o revelador enquanto balanço o recipiente. Conforme trabalho, Jacob diverga sobre colocar na mala o *Thor #57* em vez do *#62*. Após preparar os negativos, eu os penduro para secar. Só vão ficar prontos em alguns dias.

Então pego uma tira de negativos que *está* pronta — é de uma outra excursão recente que Jacob e eu fizemos para uma casa abandonada a alguns quarteirões da minha. A casa havia ficado anos vazia, mas nós acabamos descobrindo que não estava verdadeiramente *vazia*. Em seguida, coloco a tira de filme no ampliador (um tipo de projetor feito para transferir imagens para o papel fotográfico); a etapa seguinte é a impressão.

Há uma espécie de magia na exposição de um filme. Está bem aí na palavra *expor* — revelar. Me sinto como uma cientista louca ao passar o papel fotográfico pelos recipientes de revelação, interrupção e lavagem. Quando mexo no papel com as pregas, a primeira fotografia finalmente começa a aparecer.

A minha câmera pode ser especial, mas não é tão estranha quanto eu. Posso levá-la comigo para o Véu, porém ela não vê como eu. Na maioria das vezes, as fotos que aparecem não são nada de mais: traduções em preto e branco do meu mundo colorido.

Mas, às vezes, tenho sorte.

De vez em quando, a câmera captura uma sombra contra uma parede, uns contornos que se parecem com fumaça em torno do corpo, uma porta para um lugar que não está mais lá.

Jacob paira perto e olha sobre os meus ombros.

— Você está respirando em mim — sussurro.

— Não estou — responde ele.

— Está sim.

O hálito dele é frio, algo gelado no quarto abarrotado, mas a minha atenção retorna para os recipientes.

Uma a uma, as fotos se formam.

Há uma imagem da parte externa da casa abandonada, com a luz do sol batendo na madeira deformada.

Na parte de dentro, uma foto de um corredor escuro.

E então...

Uma vencedora.

É uma foto tirada do outro lado do Véu — sei por causa do leve brilho cinza. E ali, no topo das escadas, há um borrão de uma garota fantasmagórica de camisola.

Jacob assobia levemente.

Se eu mostrasse essa foto para qualquer um, iriam presumir que editei no Photoshop. E, mesmo se acreditassem em mim, a verdade é que eu não gostaria de exibir isso. Não quero ser como aqueles médiuns na TV que ficam no auditório fingindo se comunicar com os mortos. E não é como se os mortos realmente *falassem* comigo (exceto Jacob).

— Eu poderia ser o seu intérprete — oferece ele.

Solto uma bufada.

— Não, obrigada.

Olho novamente para os negativos mais recentes e me pergunto se consegui pegar uma imagem de relance do garoto de capa e de coroa, com aparência fantasmagórica por causa da cortina.

Minhas costas doem de ficar curvada sobre o equipamento, então apago a luz vermelha e retorno para o quarto, piscando ao me deparar com a claridade repentina.

Jacob se joga na cama ao lado de Ceifador. Nada acontece com o colchão ou com as cobertas, mas a orelha do gato se contrai e, momentos depois, ele passa a pata no ar perto de Jacob. Jamais conseguimos descobrir se Ceifador realmente o *enxerga* ou se ele apenas sente uma perturbação na energia.

Gatos são estranhos.

Decido começar a arrumar as coisas para as férias na praia, então pego a mala embaixo da cama. Vasculho as minhas roupas de verão enquanto Jacob finge tirar uma sujeira da camisa. Não consigo imaginar ter que usar a mesma roupa até o fim da minha vi... hmm, da minha existência.

Jacob dá de ombros.

— Fico feliz por ter estado em um clima Capitão América naquele dia.

Naquele dia. O que aconteceu naquele dia? Me pergunto se eventualmente ele vai contar.

Jacob finge não notar o pensamento. Ele apenas se vira, fica de bruços e começa a ler qualquer revista em quadrinhos que deixei em cima da cama.

Ele passa uns segundos tentando *fazer* a página virar até eu ir ajudar.

— Um dia acontece — resmunga Jacob.

Lá embaixo, escuto a porta da frente abrir e fechar. Uns segundos depois, o meu pai me chama.

— Reunião de família!

CAPÍTULO CINCO

Reunião de família.
Palavras que nunca trazem boas notícias, assim como *nós precisamos conversar.*

Vejo que tem uma massa-pizza sobre a mesa, o que também é um mau sinal. Massa-pizza — também conhecida como uma junção de molho de tomate, almôndegas e queijo sobre uma crosta de pão de alho — é a minha comida favorita, e os meus pais só a pedem no Dino's em ocasiões especiais ou quando algo muito ruim aconteceu. É confusa a maneira como os pais fazem as coisas — deveria haver comida para notícias boas e comidas para notícias ruins, assim você sabe o que esperar.

Quando eu chego, minha mãe está pegando os pratos e o meu pai está pondo a mesa. Os dois fazem bastante barulho, mas não falam muito.

— ... Ah, fiz aquela entrevista com o Canal Cinco...

— Como foi?

— Bem, bem... Você imprimiu aquele contrato?

Enquanto Jacob pula sobre a bancada e se senta, com as pernas balançando silenciosamente perto dos armários, eu ponho uma fatia de massa-pizza no meu prato. Ele contempla a mistura deliciosa de queijo, molho e almôndegas e comenta:

— Que nojo.

Você quer dizer "que incrível", penso, levando o pedaço à boca.

Dou uma mordida imensa. O queijo queima o céu da minha boca, e a minha mãe estala os dedos, me reprimindo por estar comendo antes de todos estarem à mesa. O meu pai passa um dos braços pelos meus ombros, dando um meio abraço. Ele tem cheiro de camisa limpa e livros antigos.

Quando todos nos sentamos, percebo outro sinal vermelho: os meus pais não estão comendo. Eles não estão nem *fingindo*. Eu me forço a colocar a massa-pizza de volta no prato.

— Então — falo, tentando ser casual —, e aí, tudo bem?

A minha mãe puxa uma caneta roxa do coque e a põe de volta.

— Ah, tudo... — responde ela conforme o meu pai lança um olhar na sua direção, como se tivesse sido abandonado.

— Cassidy... — começa ele, dizendo o meu nome todo. — Temos uma notícia.

Meu Deus, eu penso, *vou virar uma irmã mais velha.*

Jacob faz cara de nojo, e estou tão convencida de que a notícia é essa que sou totalmente pega de surpresa quando o meu pai anuncia:

— Nós vamos ter um programa de TV.

Eu os encaro sem saber o que dizer.

— O quê?

— Lembra quando o primeiro livro dos *Espectores* saiu — pergunta minha mãe — e teve bastante destaque na imprensa? E algumas pessoas acharam que daria um bom programa de TV? Uma produtora comprou os direitos...

— Aham — respondo, lentamente. — Mas também me lembro de você falando que isso nunca de fato aconteceria.

Ela se mexe, inquieta.

O meu pai passa a mão na nuca.

— Bem — diz ele, simplesmente —, a coisa mudou um pouco nas últimas semanas. A gente não queria comentar nada porque podia não dar certo, mas... — O olhar dele se volta para a minha mãe, buscando ajuda.

Com um sorriso bem agitado, ela assume o comando da conversa.

— Vai acontecer mesmo!

Fico sem reação. Não sei o que isso quer dizer. Para eles. Para nós. Para mim.

— OK — falo, tentando entender qual o lado negativo da situação. Tipo, é uma grande novidade, mas não vejo por que eles estavam tão nervosos para me contar isso. — Que ótimo! Quem vai interpretar vocês dois?

O meu pai solta uma risada.

— Ninguém — responde ele. — Quer dizer, nós mesmos vamos atuar.

A minha testa se franze.

— Não entendi.

— Não é um *programa* programa — explica meu pai. — É tipo um documentário.

A minha mãe já não consegue esconder o entusiasmo.

— Vai ser exatamente como nos livros: o seu pai com os fatos e eu com as lendas — comenta ela, falando de forma muito acelerada. — Cada episódio vai se concentrar em uma cidade diferente, em um cenário diferente de lugares e histórias...

A minha cabeça começa a girar, e tento decidir se estou animada, aterrorizada ou um pouco dos dois. Só consigo pensar nesses programas de TV sobre fantasmas. Aqueles em que as pessoas ficam em salas totalmente escuras, iluminadas apenas com câmeras de visão noturna, enquanto sussurram nos microfones, sabe? Será que o programa dos meus pais vai ser assim?

— E *você* não vai precisar aparecer — ressalta minha mãe — a não ser que realmente queira, mas estará com a gente ao longo de todo o percurso, e podemos ir à casa de praia em outra ocasião...

— Espera, o quê? — Balanço a cabeça ao ver os meus planos de verão desmoronarem. — Quando começa isso?

O meu pai franze o rosto.

— Bem, o negócio é que o cronograma foi acelerado. Eles querem que a gente esteja na primeira locação na próxima semana.

Na próxima semana. Quando deveríamos estar na praia.

— Hmm. Bem em cima da hora mesmo — digo, tentando fazer com que o pânico não transpareça na minha voz. — Para onde vamos?

— Para todos os cantos — responde minha mãe, pegando uma pasta com *Os espectores* escrito na frente. — "As cidades mais mal-assombradas do mundo", é esse o tema do programa.

O mundo, penso eu, *é um lugar bem grande.*

— Estou mais preocupado com a parte das *cidades mais mal-assombradas* — observa Jacob.

Para um fantasma, ele realmente não é muito fã de coisas assustadoras, ou lugares sombrios, ou *qualquer coisa* relacionada ao Véu.

Por um bom tempo, eu não entendia por que e *pensava* muito no motivo disso, mas não queria perguntar. Então, um dia, ele deve ter cansado dos meus pensamentos, porque acabou me contando.

— É... frio — explicou ele. — Tipo, quando você sai na neve, mas está aquecida, não começa a tremer imediatamente. Tem todo aquele calor para perder. Mas eu sinto como se tivesse acabado de entrar. E, se eu sair de novo no frio, parece que nunca mais vou conseguir me aquecer.

Eu queria poder segurar a mão dele.

Dar a ele um pouco do meu calor.

Mas tudo que posso fazer é prometer que não vou deixar que se congele.

Que nunca vou deixá-lo para trás.

Aonde você for, eu vou, penso.

— E aí, Cass? — pergunta meu pai, e a luz refletindo em seus óculos dá a impressão de que está piscando um olho para mim.

Lá se vai o meu verão sem fantasmas.

— O que você acha? — insiste minha mãe.

O que não é uma pergunta justa. De modo algum. Pais adoram perguntar isso quando você realmente não tem escolha. Acho que isso parece de uma insensatez assustadora. Acho que eu preferiria ir à praia.

Mas os dois parecem tão animados, e não quero estragar isso. Além do mais — lanço um olhar para Jacob —, *pode* ser divertido.

Ele resmunga.

Minha mãe abre a pasta, e eu observo a primeira página.

```
OS ESPECTORES
EPISÓDIO 1
LOCAÇÃO: Edimburgo, Escócia.
```

O que eu sei sobre a Escócia? É ao norte da Inglaterra, que está a um oceano de distância. Tem pessoas de *kilt* e... é basicamente isso.

Continuo lendo e chego ao título do episódio:

```
A CIDADE DOS FANTASMAS
```

— Ora, isso não é nada sinistro — dispara Jacob conforme um arrepio percorre o meu corpo, em parte por nervoso e em parte por ansiedade.

Eu achava que a minha vida já era bem estranha.

Pelo visto, vai ficar ainda mais.

PARTE DOIS
A CIDADE DOS FANTASMAS

CAPÍTULO SEIS

— Cassidy! O táxi chegou!

Enfio o resto das coisas na mala e me sento em cima dela para fechar. Era para ser uma mala de praia. Biquínis, shorts, protetor solar e um verão sem assombrações. Em vez disso, enfiei casacos e botas na bagagem. De acordo com o aplicativo do tempo no meu celular, o verão na Escócia é frio, chuvoso e com chance de granizo.

Jacob se acomoda na beirada da cama com a camiseta e os jeans de costume, afinal fantasmas não precisam de capa de chuva.

— Pegou as revistas em quadrinhos, certo? — pergunta ele.

— Estão na mochila.

— Tem espaço para mais uma? Porque eu estava pensando que não temos nenhuma *Justiça*...

— Não — respondo, verificando novamente se tem filme na bolsa da câmera. — Estou regulando você.

O meu pai aparece na porta, com a mala em uma das mãos e o transportador do gato na outra. Ceifador nos encara do interior da caixa.

— Com quem você está falando? — pergunta ele.

— Com o Jacob — respondo.

O meu pai olha em volta de um jeito exagerado, fingindo acreditar em mim.

— E por acaso o *Jacob* está pronto para ir?

— Negativo — responde Jacob da cama. — Isso é uma péssima ideia.

— Claro — digo, enfática. — Ele está morrendo de vontade de ver todas as casas, as cavernas e os castelos mal-assombrados.

Jacob lança um olhar irritado.

— Traidora.

— Fico contente — comenta meu pai, animado. — Não posso prometer fantasmas, mas com certeza há imensa riqueza histórica.

Ceifador sibila em protesto.

Fecho a mala e a arrasto escada abaixo com um *tum-tum-tum* insistente. Então passo pela porta aberta e desço os degraus até o táxi em espera. Lanço um olhar para a nossa casa, sentindo uma pontada de nervosismo conforme o meu pai tranca a porta da frente.

— Ainda estará aqui quando voltarmos — comenta minha mãe, compreendendo a expressão do meu rosto. — Isso é só uma mudança de cenário, um novo enredo, outro capítulo. Temos um livro inteiro para escrever — diz ela ao apertar os meus ombros —, e como fazemos isso?

— Uma página de cada vez — respondo, automaticamente.

É o ditado favorito dela, e desde a minha queda no rio tento me segurar nisso como se fosse uma corda. Sempre que fico nervosa ou assustada, digo a mim mesma que toda boa história precisa de reviravoltas. Toda heroína precisa de uma aventura.

Então todos nós nos enfiamos no táxi: um pai e uma mãe, uma adolescente, um fantasma e um gato irritado, seguindo para o aeroporto.

Os meus pais passam a maior parte do caminho falando sobre os próximos passos no cronograma. O seriado contratou uma equipe de filmagem e um guia local, e nos deram uma semana para filmar o que quisermos. O meu pai está segurando um folheto com a história das locações, e a minha mãe tem um caderno cheio de anotações que somente ela consegue entender. Quanto mais os escuto falando da logística, mais percebo que esse programa está sendo desenvolvido há *meses*, mesmo que só tenha se tornado uma realidade nesse momento.

Nada acontece até acontecer, e aí já está acontecendo. Esse é um dos ditados do meu pai.

O táxi chega ao aeroporto. No entanto, ao sairmos do carro, não somos mais um pai e uma mãe, uma adolescente, um fantasma e um gato irritado.

Isso porque Jacob desapareceu.

Ele faz isso às vezes. Some. Não sei se está choramingando em algum canto ou se está apenas pegando um atalho. Na primeira vez que ele desapareceu, estávamos dirigindo pela costa leste à procura de faróis de praia mal-assombrados para o próximo livro dos meus pais. Em um minuto ele estava ali e, no seguinte, havia sumido. Eu entrei em pânico, com medo de ele estar, de alguma forma, ligado ao rio, imaginando que talvez tivesse atingido uma fronteira invisível a 15 ou 30 quilômetros da cidade e ficado preso.

Mas, quando chegamos no primeiro farol, lá estava ele, sentado nos degraus.

— O quê? — perguntou ele, de forma defensiva. — Fiquei enjoado.

É bem a cara de Jacob responder isso.

Eu me pergunto para onde ele vai de verdade, o que faz sem mim; eu me pergunto se fantasmas precisam dormir, se ele precisa retornar ao Véu para recarregar ou se está só está sendo mal-humorado.

Mas os meus pais despacham a bagagem, nós passamos pela segurança e embarcamos no avião e ainda não há sinal dele. Enquanto me ajeito no meu assento próximo à janela, observando o chão se afastar conforme decolamos, penso em como queria que ele tivesse ficado.

* * *

— Senhoras e senhores, o sinal do cinto de segurança está ligado...

O sol está começando a nascer no momento em que abro os olhos e pressiono o rosto na janela. É difícil imaginar que tem literalmente um oceano embaixo de nós. Um novo mundo esperando do outro lado. Um mundo cheio de segredos, mistérios e fantasmas.

A coisa mais estranha é que, aqui em cima, a 10 mil metros no ar, acomodada dentro desse pássaro de metal, não consigo sentir o Véu. Não há *outro lado* fazendo cócegas nos meus sentidos, nenhum tecido cinza no limite do meu olhar, e isso faz com que eu sinta como se faltasse um pedaço de mim. Como Peter Pan separado da sua sombra.

A ausência de Jacob não ajuda.

Tento não me preocupar. Ele sempre reaparece no fim das contas.

O avião dá uma sacudida, uma turbulência, e Ceifador olha com raiva para mim do transportador embaixo do assento à minha frente. Ele não faz qualquer barulho, mas os olhos verdes se estreitam como se eu fosse pessoalmente responsável pela sua condição encarcerada.

O meu pai está apagado, mas a minha mãe está acordada, folheando um livro chamado *Espíritos, espectros, Escócia*. É bem brega — a capa mostra um castelo sob uma lua cheia e formas no nevoeiro que se transformam em espíritos, em uma péssima montagem. Mas, quando me dou conta, estou lendo por cima do ombro dela e vejo que tem uma seção sobre Edimburgo.

A cidade — cujo nome em inglês aparentemente se pronuncia *Eh-din--bur-uh* — existe há mais de *novecentos anos*. Tem um mapa ilustrado, com parques e pontes, igrejas e até mesmo um *castelo*. Ainda assim, a cidade é menor do que eu esperava, com apenas alguns quilômetros, e é dividida entre *Cidade Velha* e *Cidade Nova*.

— Cidade Nova é relativo — explica minha mãe ao notar que estou lendo também. — Ainda tem mais de duzentos anos. A Cidade Velha — diz ela, animada — é onde os melhores fantasmas estão.

— E onde vamos ficar? — pergunto, embora saiba a resposta antes de o dedo dela apontar para o mapa: bem no meio da Cidade Velha.

Ótimo, imagino Jacob dizendo isso ao me recostar novamente na poltrona.

Olho pela janela conforme a luz do dia adentra o céu. Penso nele outra vez e começo a me preocupar com a possibilidade de fantasmas não conseguirem atravessar água corrente. Enquanto o avião desce, a preocupação pesa no meu peito. Ao pousarmos, começo a entrar em pânico.

Não há nenhum sinal de Jacob na saída do avião.

Nenhum sinal de Jacob no terminal.

Nenhum sinal de Jacob na escada rolante ou na retirada de bagagens.

Então as malas começam a cair na esteira e a primeira coisa que vejo não é a minha bagagem com listras vermelhas e douradas (sim, sou da Grifinória), e sim o menino sentado de pernas cruzadas sobre ela. Ele ama fazer uma entrada grandiosa.

Eu relaxo, me sentindo aliviada. Jacob pula da mala, põe as mãos no bolso e lança um sorriso torto para mim.

— Vantagens de ser um fantasma — diz Jacob, e não consigo decidir se quero dar um abraço nele ou dar um soco em seu ombro. Para a sorte dele, não posso fazer nenhum dos dois.

Todos nós entramos em um táxi preto. Ceifador se encolhe no fundo do transportador ao encarar Jacob, que está fazendo caretas conforme a minha mãe dá ao motorista o endereço de onde vamos ficar.

Dirigimos por uns minutos por ruas de aparência comum, com mercados, cabeleireiros e bancos. Então, do nada, a rua muda de asfalto para paralelepípedos, como se estivéssemos voltando no tempo. O carro sacode no pavimento irregular, deixando Ceifador raivoso e Jacob com cara de enjoo.

O motorista diz algo, mas o sotaque é tão forte que demoro um tempo para perceber que ele está falando conosco e não cantando uma música em voz alta. O meu pai começa a assentir sem dar muita atenção, fingindo que está entendendo. Mas eu consigo compreender uma palavra ou outra na voz melódica do sujeito. Uma pergunta.

— O que traz vocês à bela Escócia?

Pelo visto, a minha mãe entendeu também porque ela se ajeita no assento e diz:

— Fantasmas.

Lá no nosso país, essa única palavra seria suficiente para acabar com a conversa, mas o taxista nem parece se incomodar.

— Ah — responde ele, casualmente. — Vi um fantasma lá no norte uma vez.

A minha mãe se anima.

— Sério?

— Ah, sim — afirma ele, assentindo. — A esposa e eu fomos passar o dia nas Terras Altas, e depois de passear e ver tudo, fomos até o castelo próximo em busca de um lanchinho.

Nada estranho, penso eu.

— Daí vimos que a cozinha do castelo tinha sido transformada em uma taverna, toda de pedra e de vidro, com uma lareira queimando. Havia três cadeiras baixas em volta do fogo — continua o homem. — Duas das cadeiras estavam vazias, mas na terceira havia um homem, olhando a lareira. Um tipo bem cavalheiro. A minha esposa estava de olho em uma mesa nos fundos, e eu, que segurava as bebidas, estava andando atrás. Mas o espaço era estreito e eu não sou muito pequeno, então acabei esbarrando na cadeira onde o homem estava sentado e quase derrubei cerveja nele. Pedi desculpas e aí a minha esposa olhou para mim e perguntou com quem eu estava falando.

"E imagina só..." Ele hesita, e o clima no táxi está tenso, como se todos estivessem prendendo a respiração. "Não havia ninguém ali. As três cadeiras estavam vazias."

O meu pai parece estar em profunda reflexão, como se fosse um enigma, mas os olhos da minha mãe brilham iguais aos de uma criancinha sentada olhando a fogueira do acampamento. Jacob e eu trocamos um olhar desconfiado. Uma coisa é um fantasma cutucar um objeto ou embaçar o espelho do banheiro. Mas *aparecer* no nosso mundo assim, como se fosse de carne e osso? Só Jacob faz isso, e só para mim, e só porque estamos interligados. Então talvez o taxista esteja brincando, ou estivesse vendo coisas. Há uma razão para as pessoas acharem que viram fantasmas no escuro, quando as luzes e as sombras podem confundir a nossa visão.

O olhar do taxista encontra o meu através do espelho retrovisor.

— Não acredita em mim, moça? — pergunta ele, sorrindo. — Tudo bem. Fique na Escócia por um tempo e vai ter as suas próprias histórias.

Mal sabe ele que já tenho várias.

O táxi dobra uma esquina e, de repente, estamos diante do castelo do mapa da minha mãe. Só que não é uma pequena ilustração. É um *castelo de verdade*. Em um *penhasco*. Eu o encaro com os olhos arregalados. O meu pai solta um assobio baixo e apreciativo. A minha mãe está radiante. Até Jacob está impressionado. Parece algo pintado no céu, um cartão-postal perfeito.

— Deslumbrante, não é? — comenta o homem.

Pelo que me lembro do mapa, o castelo é na Cidade Velha. Então, como era de se imaginar, passamos por uma ponte (sem água por baixo, apenas uma estação de trem e um parque verde enorme) e entramos na parte mais antiga da cidade.

O motorista sai das ruas cheias e desce uma inclinação.

— Chegamos — diz ele, parando em frente a uma construção de pedra antiga com uma porta vermelha. — O Fim do Caminho.

CAPÍTULO SETE

O Fim do Caminho me lembra daquela cena em *Harry Potter e a Ordem da Fênix* em que Harry chega à sede da Ordem — que, na verdade, é a casa de Sirius Black —, mas o lugar está escondido por um feitiço. Um dos bruxos bate nas pedras diante da construção e o prédio se divide, revelando a sede como se estivesse no meio de um sanduíche.

O Fim do Caminho é assim; um prédio cinza enfiado entre dois outros prédios da mesma cor. Juntos, os três ficam como livros em uma estante, com colunas de pedra se estendendo sem nenhum intervalo e os telhados pontilhados com chaminés.

Depois de tocarmos a campainha da porta vermelha, somos atendidos por uma mulher mais velha, de bochechas rosadas e pele clara. Há também um gato branco gordo se entrelaçando nos tornozelos dela.

— Ah, olá — diz a mulher. — Vocês devem ser os Blake. Eu sou a Sra. Weathershire e gerencio o Fim do Caminho. Entrem.

As paredes do hall de entrada estão cheias de retratos antigos, rostos que encaram o espaço vazio. Uma porta arqueada à direita leva a uma sala de estar e, no fim do corredor, uma escada íngreme de madeira sobe como uma árvore. Conforme a Sra. Weathershire matraca os detalhes da nossa estadia, eu perambulo até as escadas.

Jacob se aproxima e passa a andar ao meu lado.

— Aposto que é mal-assombrado.

Ele acha que tudo é mal-assombrado. Com o Fim do Caminho é difícil dizer. É *velho*, sem dúvida, mas velho nem sempre significa...

Um cano faz barulho na parede e ouvimos o som de passos acima.

Jacob levanta as sobrancelhas.

Bem, talvez.

Na base da escada, deixo os meus olhos vagarem até o primeiro pavimento e vejo uma menina me encarando.

Ela tem mais ou menos a minha idade e veste uma blusa de botão e uma saia plissada. A pele dela é marrom-clara e o cabelo, preso em uma trança bem-feita, é preto e lustroso. A menina me encara sem piscar e eu a encaro de volta, porque tem algo estranho sobre ela. Familiar. Não consigo afastar a sensação de que já a vi antes, mesmo *sabendo* que não.

— Cassidy! — chama meu pai.

Afasto o olhar e volto para trás, passando pelo transportador do Ceifador. O gato branco fofo da Sra. Weathershire está enfiando uma pata curiosa pela grade. Ceifador lança um olhar na minha direção; em parte, implorando e, em parte, ameaçando. Então pego a caixa dele e a levo comigo para a sala de estar.

O pé-direito é alto, as paredes têm fileiras de livros, e há uma lareira ladeada por dois sofás e com uma cadeira em frente. A organização me lembra dos três lugares da história do taxista, mas não vejo nenhum homem-fantasma, apenas os meus pais e a Sra. Weathershire.

Ponho o transportador de Ceifador no chão e mergulho em um dos sofás, então grito conforme continuo me afundando, com a almofada se fechando em mim como se fosse areia movediça.

A minha mãe oferece uma das mãos e me puxa para fora enquanto a Sra. Weathershire põe uma chaleira e uma bandeja sobre a mesa. O meu estômago ronca — não importa o quanto comemos em um avião, nunca dá para ficar satisfeito.

— Bolacha? — oferece a Sra. Weathershire, passando um prato do que definitivamente são *biscoitos*. Mas ela pode chamá-los do que quiser desde que eu possa pegar alguns.

Conforme estico uma das mãos para o prato, passos soam acima novamente.

Dessa vez, olhamos para lá.

— Ah, não se preocupem — diz a Sra. Weathershire. — Deve ser só o meu marido.

— Iremos conhecê-lo? — pergunta meu pai.

A nossa anfitriã dá uma pequena risada.

— Creio que não. O Sr. Weathershire morreu há quase oito anos. — O sorriso dela nem mesmo vacila. — Chá?

Jacob me encara longamente, e não preciso conseguir ler a mente dele para saber o que está pensando.

Definitivamente mal-assombrado.

Pode ser que ele esteja certo, mas não vou descobrir isso imediatamente. Tenho uma regra sobre atravessar o Véu em lugares onde durmo: não o faço. Às vezes é realmente melhor *não* saber.

— Então — diz a Sra. Weathershire, servindo o chá —, o que traz vocês à nossa bela cidade?

— Na verdade — responde minha mãe —, estamos filmando um programa sobre fantasmas.

— Ah — comenta a nossa anfitriã, pegando a sua xícara. — Ora, não precisarão ir longe. O meu Reginald era muito afeiçoado aos mortos de Edimburgo. Era meio que uma obsessão, na realidade. — Ela assente para as prateleiras de livros nas paredes da sala de estar. — Ele passou anos coletando histórias dos locais e as mantinha nesses diários aí.

A minha mãe se anima com a menção de histórias, enquanto o meu pai se ilumina ao ouvir sobre algo com registro escrito.

— Sério? — pergunta ele, já se levantando. — Posso?

— Por favor.

Após o meu pai pegar uma pilha de diários, a minha mãe terminar o chá e eu comer biscoitos suficientes para me sentir ligeiramente enjoada, a Sra. Weathershire se põe de pé.

— Ora, então — diz ela —, vou levar vocês ao flat...

Flat pelo visto é uma palavra local para apartamento, embora o lugar exija uma subida de três andares até lá. Ao chegarmos no primeiro pavimento, não há sinal da menina de cabelo preto nem de mais ninguém.

A minha mãe me avisa que na Escócia um elevador se chama *lift*, que significa "elevar", e isso faria sentido se o prédio tivesse um. Ela também explica que o Fim do Caminho é também uma *casa de hospedagem*, o que é tipo um pequeno hotel cheio de apartamentos — quer dizer, *flats* — em vez de quartos de hotel tradicionais. Há dois flats por andar, e quando chegamos no terceiro andar a Sra. Weathershire finalmente para diante de uma porta com um *3B* de metal e pega uma chave antiga.

— Aqui estamos...

A porta range ao abrir, fazendo um barulho como um efeito de som de um filme de terror. O espaço lá dentro, no entanto, é aconchegante e limpo. Tem dois quartos e uma sala de estar com uma lareira antiga, um sofá que parece ter menos cara de que vai me engolir e uma escrivaninha sob uma grande janela.

Os meus pais demoram para entrar, pois ficam de conversa com a Sra. Weathershire.

— Se precisarem de alguma coisa — comenta ela —, estou logo aqui no primeiro andar...

Nesse meio-tempo, abro o transportador de Ceifador e o liberto. Ele corre para debaixo do sofá enquanto eu ando até a janela próxima à mesa. O vidro está embaçado, mas quando passo a mão pela superfície fria, fico surpresa ao encontrar o castelo do outro lado. Ele paira acima da paisagem de edifícios com terraços no telhado e chaminés, e sou surpreendida pela vista outra vez: mais para conto de fadas do que para história de fantasmas.

— Jacob — falo, em voz baixa —, você precisa ver isso.

Mas ele não responde.

Eu me viro e ele não está lá. Verifico o banheiro, onde encontro uma banheira com pés de garras. (Ela literalmente tem garras monstruosas no lugar dos pés, como a parte de baixo de uma gárgula que foi esvaziada.) Ainda assim, nada de Jacob.

— Jacob? — sibilo, verificando o primeiro quarto. Nada.

Entro no segundo quarto e o encontro de pé perto da extremidade da cama, com os olhos fixos em alguma coisa escondida atrás da porta.

— Jacob?

Ele não pisca, não se move.

Conforme entro no quarto e me aproximo por trás, vejo o que ele está observando: um espelho.

Um grande espelho de moldura dourada encostado contra a parede.

A princípio, penso que ele viu algo estranho no reflexo, mas então percebo que é o reflexo *em si* que chamou a atenção dele. Sigo o olhar de Jacob e congelo, enquanto os pelos dos meus braços ficam totalmente arrepiados.

Há dois Jacobs, aquele ao meu lado e aquele no espelho, mas eles não são iguais. O Jacob ao meu lado é a pessoa que eu conheço, mas o do espelho é acinzentado e lúgubre, com a camiseta e os jeans ensopados conforme a água do rio se acumula sob os pés dele. Não me assusto facilmente hoje em dia, porém vê-lo desse jeito me dá medo. O Jacob do espelho parece estar mor... paro. Não me permito pensar em tal palavra.

— Jacob — falo, mas ele não parece ouvir. Os seus olhos estão concentrados e vazios ao mesmo tempo. Estico os braços para sacudir os ombros dele, mas é claro que as minhas mãos passam direto. No fim das contas, tenho que me colocar entre ele e o reflexo para quebrar a sua visão. — *Jacob.*

Ele pisca, dando um passo pequeno e hesitante para trás.

— O que *foi* isso? — pergunto.

As palavras saem dele devagar, sem força:

— Eu... não sei...

Ele estremece, como se estivesse com frio, e sai do quarto sem dizer outra palavra. Eu me volto para o espelho de novo, quase esperando ver o outro Jacob ainda de pé ali.

Mas sou apenas eu.

Vou até a sala, onde o meu pai está carregando o telefone e a minha mãe está desfazendo as malas, e encontro Jacob sentado no sofá, com o olhar ainda estranho e distante.

Você está bem?, penso, caindo no sofá ao lado dele.

Ele assente distraidamente.

Do lado de fora, o sol some atrás das nuvens, e a sala escurece um pouco. É como atravessar o Véu — tudo fica cinza, sinistro.

A minha mãe põe as mãos na cintura e olha em volta.

— Isso é encantador — comenta ela, sem um pingo de sarcasmo. Então ela se vira para mim: — Algum sinal do nosso residente fantasma?

Presumo que ela esteja se referindo ao Sr. Weathershire e não a Jacob, então nego com a cabeça.

— Provavelmente era só um gato grande e uns canos antigos — sugere meu pai.

A minha mãe prende o cabelo em um coque bagunçado.

— Você é muito sem graça — brinca ela, beijando a bochecha dele.

— E você tem o dobro de graça — retruca ele, limpando os óculos.

Eu abafo um bocejo. Um segundo depois, o meu pai boceja também.

— Nem pense! — dispara minha mãe, com a voz estridente. — Precisamos ficar acordados. É a única forma de lutar contra o fuso horário.

Pelo visto, é isso que acontece quando você faz um voo longo durante a noite e o seu corpo ainda não teve tempo de se acostumar com o relógio.

Eu me enrosco no sofá enquanto o meu pai liga para a produção para avisar que chegamos. A equipe vai viajar de Londres amanhã para nos encontrar e o nosso guia local também virá. O meu pai segue até o banheiro, discutindo questões logísticas (mas tenho a impressão de que tudo que ele quer é tirar um cochilo). Eu bocejo de novo e fecho os olhos, mas a minha mãe me segura pelos ombros.

— Vamos lá — diz ela, me colocando de pé. — O dia está tão agradável.

Olho pela janela.

— Está com cara de chuva.

No entanto, a minha mãe não está nem aí. Ela apenas joga uma capa de chuva em cima de mim.

— Que bom que viemos preparados.

Olho novamente para o sofá, mas Jacob se foi, e antes que eu possa procurá-lo, a minha mãe enrosca o braço no meu e me puxa para a porta. Consigo me soltar apenas por um segundo para pegar a câmera.

Ao sairmos, nos deparamos com o dia cinzento e com uma neblina fina sobre as ruas, transformando as pessoas em sombras. Gaivotas guincham ao redor. Em algum lugar mais afastado, os sinos de uma igreja batem.

Então isso é a Escócia, penso.

Quão assombrada pode ser?

CAPÍTULO OITO

— Tortura! Assassinato! Caos!

Um homem de cartola e terno esfarrapado abre os braços.

— Descubra os segredos mais obscuros da cidade nas atrações das Masmorras de Edimburgo!

Uma gaita de foles ecoa enquanto uma mulher de vestido escuro se recosta contra um poste com um lampião no topo.

— Tour fantasma todas as noites — diz ela —, começando ao crepúsculo. Procurem o lampião.

— Venham conhecer o subterrâneo Beco de Mary King! — anuncia outro homem com uma capa à moda antiga.

— Conheçam a história de Burke e Hare!

— Siga os passos dos mortos da cidade!

Eu e a minha mãe estamos passeando pela Royal Mile, que pode ser traduzida como Milha Real, uma rua larga e abarrotada que desce do castelo até a base de uma colina gigante chamada Arthur's Seat. Os dois, o castelo e a colina, parecem suportes para livros, pois cada um fica de um lado da cidade.

A minha mãe está empolgada, tomada pelo movimento e pelo barulho, mas eu sinto como se estivesse perdendo a cabeça, porque, por baixo da animação, consigo ouvir o *tap-tap-tap* incômodo dos fantasmas. Ainda que alguns estejam mais distantes e outros mais próximos, eles vêm de todos os lados, uma batida baixa e constante, como se a cidade tivesse um batimento cardíaco.

Mantenho a mão no braço da minha mãe conforme nos entrelaçamos pela multidão. A maioria dos pais precisa ficar de olho nos filhos para que eles não saiam sozinhos por aí, mas eu sempre tive que manter o olho nela. O meu pai é do tipo que memoriza o caminho, mas ela prefere se perder.

De que outra forma encontraremos algo novo?, costuma dizer ela.

A minha mãe entra em uma loja de souvenir para comprar água e eu fico para trás na calçada, batendo fotos das performances de rua e da multidão. Fotografo a mulher de branco que está de pé no topo de um pilar, cantando uma canção sombria e triste, com a voz ora mais alta, ora mais baixa. O homem segurando um buquê de rosas de papel pretas com palavras escritas nas pétalas. E outro vestindo um *kilt* e tocando a gaita de foles, uma melodia assustadora e uivante.

É claro que tudo isso faz parte do show e serve para trazer um ar sombrio às ruas. Mas, para além da atuação, consigo *sentir* o puxão fantasmagórico do Véu. Geralmente tenho que ir atrás dele, mas aqui, nesse momento, em meio ao caos da Royal Mile, é ele que me busca. Põe a mão no meu ombro e me traz para perto. O tecido cinza dança na minha visão, mas não me aproximo. Em vez disso, fecho bem a capa de chuva em volta do corpo e observo a rua, notando as lojas e os pubs, as igrejas e as lojas de bebida e...

Os meus olhos são atraídos por uma fileira de câmeras em uma vitrine, e o meu coração acelera. É uma loja de fotografia. BELLAMY'S, lê-se nas letras cursivas na extensa vitrine. Tiro uma foto mental de onde estamos para que eu possa retornar quando tiver acabado o rolo de filme.

A minha mãe reaparece com as garrafas de água, um chocolate e um livro de atrações turísticas.

— Vamos, Cass. Encontrei uma coisa que você vai amar.

Eu me preparo para algo assustador e macabro, mas ela me leva por uma rua até um lugar chamado Elephant House, um café pintado de vermelho e com um banner que anuncia orgulhosamente:

Lugar do nascimento de Harry Potter.

— Não acredito — digo, seguindo-a para dentro.

Conforme exploramos o café, fico maravilhada.

Aparentemente, foi no Elephant House que a autora J.K. Rowling — *a* J.K. Rowling — imaginou o Harry Potter. E a Hermione. E o Rony.

Ela se sentou às mesas de madeira e criou Hogwarts, Azkaban e o Beco Diagonal.

Ela inventou o Quadribol, o Torneio Tribruxo e as Relíquias da Morte!

Até mesmo os pequenos banheiros contam uma história. Estão *cobertos* de recados de agradecimento. São tantas línguas e diferentes caligrafias que tudo se mistura, formando uma tapeçaria de amor: um monumento permanente para uma série de livros lendária.

Depois disso, ao retornarmos para a rua, estou radiante. Edimburgo é oficialmente o meu lugar favorito.

Então as nuvens acima começam a escurecer, e um vento assustador passa pelo meu cabelo.

— Acho que vai chover — digo, tremendo.

A minha mãe dá de ombros.

— Estamos na Escócia. Sempre está para chover. — Ela estuda o livrinho dela outra vez.

Eu ainda devia estar sob efeito da magia do Elephant House porque, quando ela diz que deveríamos visitar algo chamado Greyfriars Kirk, eu concordo.

Apenas quando já estamos andando que me dou conta de que não tenho ideia do que significa *kirk*.

— É uma igreja — explica minha mãe. E acrescenta, animada: — e essa abriga o cemitério mais assombrado da Europa!

Imediatamente, a diversão do mundo de magia e bruxos desaparece, sendo substituída pela ameaça de espectros e espíritos. Conforme caminhamos para o cemitério, posso praticamente ouvir Jacob na minha cabeça, falando um baixo e sarcástico *obaaaaa*.

Os portões de ferro ficam entre duas colunas de pedra, com letras de metal retorcido acima.

GREYFRIARS

Atrás dos portões, vejo um gramado extenso, os vitrais de uma igreja e pessoas passeando pelo terreno. Quando respiro, sinto o gosto de pedra úmida e de terra antiga.

Então paro de repente ao nos aproximarmos do portão.

Não é o que vejo ou o gosto na minha boca que me preocupa. É o que eu *sinto*.

O ar fica carregado e a pressão na minha cabeça aumenta, pois o peso do Véu não é mais um braço nos meus ombros, mas um cobertor molhado, denso e sufocante. Um tecido cinza ondula em frente aos meus olhos.

A minha mãe solta um gritinho de alegria e me mostra o seu antebraço, com todos os pelos arrepiados.

— Olha! — comenta ela, com felicidade. — Calafrios.

Sinto calafrios também, mas por uma razão diferente.

Por mais mal-assombrada que a Royal Mile seja, não é *assim*.

O Véu não é inerentemente assustador ou ruim. É só outro tipo de espaço. No entanto, a energia nesse lugar é pesada e ameaçadora. Estou prestes a falar para a minha mãe que deveríamos voltar, mas ela já está com o braço entrelaçado ao meu enquanto me guia pelo portão e para dentro do cemitério. Mesmo sem eu ter atravessado o Véu, ainda parece que saímos de um mundo e entramos em outro.

Há um grupo de turistas passando pelo portão, e o guia aponta para um dos túmulos, onde brinquedos de cachorro estão acumulados na terra.

— Um dos ocupantes mais famosos de Greyfriars — explica o guia com um sotaque britânico elegante — era um terrier chamado Bobby. Mas, diferentemente da maioria dos residentes, ele estava bem vivo quando chegou ao cemitério...

A minha mãe e eu nos posicionamos atrás do grupo, ouvindo.

— Dizem que, quando o dono dele morreu e foi enterrado aqui, Bobby ficou ao lado do túmulo não por uma noite, ou duas, mas por catorze *anos*. Ao finalmente morrer...

Diversos "*ahhhh*" de tristeza do grupo.

— ... Bobby foi enterrado próximo ao portão de entrada. — A expressão no rosto dele se torna séria. — Ele é provavelmente o fantasma mais bonzinho que vocês vão encontrar entre essas lápides. Greyfriars abriga ossos de assassinados e de assassinos. — O homem para de falar, deixando o silêncio ficar mais tenso, então bate as palmas das mãos. — Vocês têm uma hora para explorar o cemitério. Tentem evitar o *poltergeist* no topo do morro.

Os turistas se dividem em grupos menores e seguem em várias direções, subindo ou descendo por diferentes caminhos.

A minha mãe se anima com a promessa de um *poltergeist*.

— Temos que ver *isso*.

— Você pode ir — aviso. — Eu vou ficar nos túmulos normais.

— OK — diz ela. — Só não vá muito longe.

Ela sai saltitando, com o entusiasmo de alguém que corre em direção a um bolo, não cadáveres.

Eu me viro, observando o subir e descer do cemitério. Há sepulturas por toda parte. Elas formam uma fileira nos muros do cemitério, tão altas quanto caixões colocados de pé, e saem do chão como dentes. Alguns túmulos são novos (bem, relativamente novos) e outros não passam de pedaços irregulares de pedra quebrada, placas de concreto semidevoradas pela grama.

Há um crânio e ossos cruzados ao lado de um anjo entalhado. Um ceifeiro feito de pedra paira sobre um conjunto de âncoras. O nó de corda de um carrasco, um querubim, um buquê de rosas. Aqui e ali, pequenos presentes foram deixados sobre as lápides ou foram colocados no emaranhado de ervas daninhas — sinos e quinquilharias e pedaços dobrados de papel.

Não vá muito longe, pediu minha mãe, e não é o meu intuito, mas a cada passo o Véu fica mais pesado e me envolve como as roupas molhadas do rio, como a água congelada...

Os meus pulmões doem, a minha visão fica nebulosa e, quando percebo o que está prestes a acontecer, já está acontecendo.

Estou sendo puxada para atravessar.

CAPÍTULO NOVE

Escuto o raspar do guidão, sinto o acúmulo de água fria nos pulmões... e então estou do outro lado. Os turistas desaparecem, e o cemitério se estende vazio e ameaçador.

Isso nunca aconteceu antes.

Sem dúvida já estive em lugares onde sentia bastante a presença do Véu, mas nunca forte o suficiente para me puxar, nunca forte o suficiente para me fazer atravessar.

Olho para baixo e vejo a espiral de luz azulada brilhando no meu peito. Uma névoa circunda os meus joelhos. Estar ali sem o Jacob parece errado, então me viro, já procurando o caminho de volta, mas sinto como se os meus pés estivessem enraizados no chão úmido.

A grama farfalha, e o meu pulso acelera com o movimento, mas é só um terrier, zanzando entre as tumbas — Bobby de Greyfriars, o cachorro que deitava no túmulo do seu dono.

Percebo mais coisas se movendo no alto da colina. Lá, um homem anda de um lado para o outro na parte externa de um mausoléu, fumando um cachimbo e murmurando algo para ninguém. Sombras comem os limites do corpo dele, borrando o ar de preto.

O *poltergeist*, penso, lembrando a animação da minha mãe. Mas ele não se afasta do mausoléu, então começo a achar que aquele lugar não é tão ruim, quando de repente escuto os gritos de alguém.

Dou meia-volta, e o Véu ondula ao meu redor conforme mais figuras tomam forma na neblina. Um homem sendo arrastado para uma plataforma, onde uma corda com um laço está à espera. Viro as costas para isso, mas apenas para dar de cara com uma procissão de pessoas indo em direção ao portão da frente.

Eu não deveria estar aqui, preciso ir embora, preciso sair do Véu. E estou prestes a fazer isso... quando vejo a mulher me observando.

A primeira coisa que percebo é a cor da capa dela — um vermelho tão vivo que é como um rasgo no tecido cinza do Véu. Com as mechas pretas encaracolando como dedos em torno do seu capuz, a mulher vaga pelo cemitério. As partes aparentes da sua pele são extremamente brancas e seus lábios são vermelhos.

Quero tirar uma foto, mas as minhas mãos estão paradas, inertes ao lado do meu corpo.

Em algum lugar além do Véu, sinos de igreja começam a soar.

Em algum lugar além do Véu, alguém chama o meu nome, mas a voz está distante e enfraquecida, e não consigo tirar os olhos da mulher de vermelho.

Ela olha diretamente para mim. Não através do meu corpo, como outros fantasmas fazem, mas *para* mim, como um dedo percorrendo minha espinha. Os olhos escuros vasculham a parte da frente do meu corpo, parando na espiral de luz dentro do meu peito.

A fisionomia que transparece em seu rosto é de alguém *faminta*.

— Cassidy... — surge a voz novamente, mas desaparece quando a mulher de vermelho começa a cantarolar.

A voz dela atravessa o cemitério, baixa, suave e doce. É como se alguém tivesse tocado a corda de um instrumento atrás das minhas costelas. A melodia ecoa por ossos, músculos, cabeça.

Estou ficando tonta daquele jeito em que os pulmões doem, como se estivesse embaixo da água por tempo demais, como se precisasse subir para recuperar o fôlego. Os braços da mulher parecem flutuar no alto. Em seguida, estou caminhando na *direção* dela, passando por túmulos, indo até os dedos estendidos e...

— Cassidy! — Jacob surge no meu caminho, pegando o meu braço e me puxando de volta pelo Véu. Por um instante, eu caio no ar gelado, então pouso de bunda na grama.

— Por que fez isso? — pergunto.

— Fiquei te chamando — contou ele. — E você não respondia. — Jacob balança a cabeça. — Realmente não devia atravessar o Véu sem mim.

— Não era a minha intenção — expliquei. — Ele meio que me sugou.

O rosto dele demonstra uma mistura de confusão e de preocupação. Olho para além dele, mas é claro que a mulher de capa vermelha desapareceu, foi apagada com o restante do Véu. O cemitério ao redor está lotado de turistas conversando, enquanto os sinos da igreja badalam, marcando a hora.

Eu me levanto, limpando a grama do meu jeans.

— Onde você *esteve*?

Jacob abaixa a cabeça.

— Desculpa. Acho que... fiquei meio perdido...

Penso novamente no espelho, na expressão vazia de Jacob quando deixou o quarto. Ele estremece, como se não quisesse lembrar, então tento esquecer também.

— Você a viu? — pergunto.

— Quem?

O meu olhar retorna ao lugar onde ela estava.

— A mulher de capa vermelha...

— Aí está! — grita minha mãe, vindo até mim. — Estava procurando você em tudo que é canto. — Ela lança um olhar semicerrado para o céu. — Acho que você está certa em relação à chuva. Pronta para ir?

— Você nem imagina — digo, bem quando os primeiros pingos começam a cair.

Quando finalmente chegamos no Fim do Caminho, Jacob é o único ainda seco. Tínhamos um guarda-chuva, que minha mãe traz nas mãos, uma bagunça inútil depois que a primeira rajada de vento forte estalou e quebrou o metal fino. A minha mãe não parece nada abalada, mas água escorre pelos meus olhos e ensopa os meus sapatos conforme subimos os degraus da entrada, com o meu casaco enrolado com força sobre a câmera fotográfica.

A minha mãe segue para falar com a Sra. Weathershire, mas eu continuo subindo a ampla escada de madeira com Jacob, desejando apenas um banho quente e roupas secas. A imagem da casa de praia surge na minha mente, de forma súbita e provocadora.

— Como ela era? — pergunta Jacob. — A mulher de vermelho.

Balanço a cabeça, tentando lembrar. Mas os pedaços não encaixam com o que vi. Com o que senti.

— Não sei — respondo, devagar. — Mas ela não era como os outros fantasmas. Era mais iluminada, mais real, não se misturava e, quando me viu, ela me *viu*, tipo, realmente me...

— Com quem você está falando?

A pergunta surge do nada. Quer dizer, até eu subir os últimos degraus e ver a garota de antes. Ela está sentada ereta perto da janela do segundo andar, com um livro aberto sobre as pernas conforme as tranças escuras caem sobre um ombro.

— Então? — insiste ela. O sotaque é distinto, tão marcado que não consigo dizer se ela é um ou dois anos mais velha do que eu ou só *realmente* britânica. — Com quem você estava falando agora há pouco?

— Comigo mesma — respondo, tentando não lançar um olhar para Jacob. — Nunca fala com você mesma?

Ela pressiona um lábio no outro.

— Não com frequência — diz ela, levando o olhar novamente ao livro.

— Vamos, Cass — sussurra Jacob. Mas a sensação de déjà-vu retorna, como o *tap-tap-tap* do Véu, só que é um *puxão* que me aproxima mais.

— Vai ficar aqui por muito tempo? — pergunto à menina.

— Vai saber — responde ela, sem olhar para cima.

OK, então não é exatamente o tipo falante.

— Bem, melhor eu ir me trocar. — Gesticulo para as minhas roupas. — O meu jeans está encharcado.

Um pequeno som sai da boca da menina, algo entre uma bufada e um resmungo de escárnio.

— Quer dizer *calças*.

Olho para ela sem saber o que falar.

— Jeans é... o *material*.

Jacob começa a gargalhar ao ouvir isso, e é estranho, mas poderia jurar que o olhar da menina vai na direção dele. Só por um instante. É tão rápido, quase imperceptível. Tão rápido que não tenho como ter certeza. Mas Jacob fica em silêncio e se move para ficar atrás de mim.

— Bolachas, *flats*, *lifts*, calças — digo. — Achava que americanos e britânicos falavam a mesma língua.

— Dificilmente. — Ela fecha o livro e me olha de forma arrebatadora. — O que traz *você* à Escócia?

— Fantasmas.

A menina estreita o olhar.

— Como assim?

— Os meus pais — explico. — Eles vão filmar um programa sobre fantasmas famosos pelo mundo. Essa é a nossa primeira parada.

A tensão some do rosto dela.

— Ah. Entendi.

— Pois é — digo —, aparentemente a Escócia tem, tipo, *muita* assombração.

— Aparentemente. — Ela se levanta, e então noto o colar.

É um pingente em uma longa corrente de prata. Quando a garota fica ereta, o pingente vira e, assim, percebo que não é um pingente, e sim um pequeno espelho redondo. Isso desperta alguma coisa no fundo da minha mente, mas não sei o quê. Ela logo o esconde debaixo do colarinho.

— Me chamo Cassidy Blake — falo, esticando a mão.

Ela me observa por um momento antes de apertar a minha mão.

— Lara Jayne Chowdhury.

Ela passa por mim e segue escada abaixo. É bizarro, mas consigo *sentir* conforme ela se afasta, como se houvesse uma corda se estendendo entre nós duas. E talvez Lara também sinta isso porque ela se vira e me examina por um instante, franzindo a testa ao refletir.

— E *você* acredita em fantasmas, Cassidy?

Não sei o que responder.

Tipo, espera-se que eu diga não. Mas é meio difícil fazer isso com Jacob parado ali, de braços cruzados, ao meu lado. No fim das contas, acho que o meu silêncio fala por mim, pois a boca de Lara se curva em algo parecido com um sorriso.

— Vou considerar que sim — afirma ela, desaparecendo escada abaixo antes que eu consiga perguntar em que *ela* acredita.

Jacob espera até que Lara tenha saído para falar:

— Tenho uma sensação estranha sobre essa menina.

— Sim — concordo. — Somos dois.

CAPÍTULO DEZ

À noite, os meus pais e eu nos sentamos no chão ao redor da mesa de centro da sala e jantamos um prato típico da região chamado *fish and chips*, que compramos em um restaurante local. Não estou levando fé que a combinação entre peixe e *chips* vai ser boa, mas passamos por seis lugares fazendo propaganda desse prato do aeroporto até o Fim do Caminho, então deve ter *alguma coisa* de especial.

Abro a embalagem e olho o conteúdo. Um pedaço gigante de peixe frito está acomodado em cima de um mar de batatas fritas enormes.

Olho para cima, confusa.

— Não são *chips*.

— Claro que são — responde minha mãe com um sorriso astuto, e me dou conta de que isso é *mais* um daqueles problemas de tradução.

— Humm, não — insisto. — Isso é *batata frita*. *Chips* é o que vem em embalagens lacradas.

— Ah, aqui isso se chama *crisps*.

É oficial. Nada é seguro. Olho em volta, espiando embaixo da pilha de guardanapos.

— E o ketchup?

Nesse momento, a minha mãe decide me informar que não tem ketchup porque o prato todo foi coberto com *sal e vinagre*. O cheiro preenchendo o quarto é uma combinação estranha de fritura (bom) e vinagre (uma coisa que tenho quase certeza de que *não* costuma ser colocada na comida).

Estou prestes a me rebelar quando a minha mãe pega uma *chip*/batata frita e põe em frente ao meu rosto.

— Vai, Cass — encoraja ela —, só experimenta. Se você odiar, a gente pede pizza.

Com a minha sorte, *pizza* deve significar *polvo em inglês britânico*. Enrugo o nariz.

— Medrosa — brinca Jacob do sofá, o que não é justo porque não é como se *ele* precisasse experimentar isso.

Aceito a "*chip*" enorme que a minha mãe me dá e dou uma mordida cautelosa.

A minha boca se enche com a batata quente e salgada. O sabor do vinagre é estranho, porém interessante quando combinado com o óleo da batata. É diferente de tudo que já provei.

E é *totalmente delicioso*.

Experimento o peixe e é tão bom quanto.

— Uau.

A minha mãe sorri.

— Está vendo?

— É muito bom — digo, mas a comida está quente e a minha boca está cheia, então sai *émuibo*.

— Você vai estar comendo *haggis* antes do fim da viagem.

Não tenho ideia do que é *isso*, mas, ao ouvir a palavra, até mesmo o meu pai faz careta. Por essa razão, decido que nem vou perguntar. Vou pôr na pasta: *Coisas que merecem permanecer misteriosas*.

As *chips*, pelo visto, são incríveis desde que estejam *quentes*. Assim que esfriam, se tornam uma bagunça salgada e empapada, que é o que acontece com os conteúdos da embalagem do meu pai.

Ele nem tocou na comida, pois está ocupado e absorvido demais nos diários do Sr. Weathershire, que são uma coleção de relatos de vizinhos, de amigos e de conhecidos com quem bebia no pub local.

— Fascinante — murmura ele. — A forma como tudo se entrelaça, a história e os mitos. Dá para ver a base pagã e...

— John — diz minha mãe, impaciente. — O jantar.

O meu pai faz um barulho sutil e pega uma batata fria do conjunto, colocando-a na boca. Isso é algo bem comum lá em casa: o meu pai, debruçado no computador, escrevendo enquanto a comida permanece esquecida ao lado. Eu e a minha mãe já estamos acostumadas.

Jacob estreita os olhos, direcionando toda a sua concentração na batata murcha que está metade para fora da embalagem do meu pai. Se ele fosse humano, provavelmente teria causado a si mesmo um sangramento nasal a essa altura, de tanto se concentrar. Em vez disso, o corpo dele ondula com o esforço conforme ele apoia o dedo na batata. Um segundo depois, de fato, ela vira e cai.

Jacob joga os dois braços para cima, a imagem da vitória.

— Olha só a minha proeza telecinética! — comemora ele, mesmo que eu esteja quase certa de que a batata já estava perdendo a batalha contra a gravidade.

O meu pai vira a página de um diário desgastado e faz *humm* para si mesmo.

— Alguma coisa interessante? — pergunto.

— Tem de tudo — conta ele. — Alguns comentários são só divagações e outros são mais pé no chão, mas todos falam de mitos e lendas como se fossem fatos.

A minha mãe dá um sorriso de triunfo.

— Histórias têm poder — diz ela. — Desde que acreditemos nelas.

O meu pai assente sem prestar atenção.

— Tipo aqui. — Ele bate na página. — É uma série de histórias sobre Burke e Hare.

Os nomes soam familiares. Então lembro: ouvi esses nomes em uma das performances de rua na Royal Mile.

— Quem são? — pergunto, intrigada.

— Bem, por volta de 1800 — explica meu pai —, alunos de medicina precisavam de cadáveres para praticar e eles estavam em falta, então ladrões de cova resolveram escavar os recém-enterrados para entregar nas salas médicas. Mas William Burke e William Hare decidiram que, em vez de desenterrar cadáveres, eles iriam fabricá-los.

Jacob estremece ao meu lado.

Eu seguro a respiração.

— Eles assassinaram 16 pessoas antes de serem presos e julgados. Hare testemunhou contra Burke e, por fim, foi solto, mas Burke foi enforcado e então dissecado em uma aula de anatomia, exatamente como as vítimas dele tinham sido.

Jacob e eu trocamos um olhar de pavor.

O meu pai vira a página.

— De acordo com o narrador, os ossos de William Burke ainda estão na escola de medicina da universidade. O fantasma dele assombra os corredores, trazendo com ele o odor de morte e de terra fresca do cemitério.

Por um momento, ninguém fala nada.

O vento fica mais forte do lado de fora, um assobio sombrio atravessando a esquadria antiga da janela.

O meu pai folheia as páginas do diário.

— Há dezenas de histórias, algumas baseadas em fatos históricos, como a de Burke e Hare, outras que não passam de lendas urbanas.

Vítimas da peste bubônica enterradas em paredes. Músicos sem cabeça. Tavernas de fantasmas. O *poltergeist* de Mackenzie. A Rapina Rubra.

Fico ereta e me recordo da mulher no Véu, da cor vermelha de sua capa. O meu peito se aperta.

— Essa é sobre o quê? — pergunto.

— Qual?

— A da Rapina Rubra.

O meu pai volta umas duas páginas.

— Humm. Ela aparece em algumas histórias diferentes sobre crianças desaparecidas... imagino que seja uma versão do mito da "mãe de luto", a mulher com roupas de viúva que rouba crianças. Mas não tem uma história de origem, pelo menos não nos diários de Weathershire. Agora as câmaras da peste, essa é uma seção fascinante...

Mas ainda estou presa em *crianças desaparecidas*.

Consigo sentir o olhar de Jacob em mim conforme os meus pensamentos reviram a memória do Véu, os olhos e os cabelos negros da mulher, a música hipnótica. É estranho, mas quando a vi, não fiquei com medo. Pelo contrário, ela era como um raio de sol em um dia nublado. No instante em que ela cantou, eu *queria* segui-la. Eu não conseguia pensar em mais nada.

Mas, agora que ela se foi, o medo chegou.

A minha mãe bate palmas e se levanta.

— Chega de histórias de fantasma por hoje.

Nós limpamos as sobras do jantar e nos preparamos para dormir. O meu pai apaga as luzes da sala e Jacob vai embora, como ele sempre faz à noite.

Fantasmas não precisam dormir e, depois de encontrá-lo uma vez sentado na ponta da minha cama, observando enquanto *eu* dormia, falei que aquilo não era legal. Agora não sei para *onde* ele vai — se Jacob só desliga como uma luz ou fica vagando pelas ruas —, só sei que ele não fica durante a noite.

Não consigo parar de bocejar e, quando finalmente deito na cama, posso sentir o meu corpo indo para um lugar escuro antes de cair no sono. A janela semiaberta no quarto deixa uma brisa fresca e sons distantes entrarem. Um bebê chora por perto. Uma senhora ri. Um casal briga.

Ou, pelo menos, é o que *parece*, a princípio, mas logo percebo que são apenas gaivotas, uma chamando a outra no escuro. Elas gritam, gorjeiam e sibilam, mas quanto mais escuto, mais acho que posso ouvir a voz de uma mulher se entrelaçando ao vento, com os altos e os baixos da canção me arrastando para um sono profundo.

CAPÍTULO ONZE

A equipe de filmagem chega cedinho na manhã seguinte. São dois homens e uma mulher, todos de gola rolê preta. Eles enchem nosso flat no Fim do Caminho de equipamentos e barulho. Começam discutindo o cronograma, tirando fotos do ambiente, transformando a sala aconchegante em uma confusão de conversa técnica.

Jacob é contagiado pela energia do quarto e começa a jogar o seu jogo favorito, que é basicamente andar junto com os membros da equipe, gesticulando com a mão na frente do rosto deles e conversando como se fizesse parte da desordem.

Eu fico sentada no sofá, tentando não atrapalhar conforme limpo as gotas de chuva da lente da minha câmera. Ceifador descansa sob a janela e bato uma foto no momento em que ele boceja, transformando-se por um instante em um pequeno leão preto.

— Essa é uma ótima máquina — comenta uma mulher da equipe. — Das antigas. — Ela está com a própria câmera pendurada no pescoço, enorme e de alta tecnologia, cheia de funções. A mulher nota Ceifador. — Ah, que ótimo, esse é o gato das capas? — Ela se ajoelha para tirar uma foto.

Jacob pula para o lado do gato e faz uma pose, piscando um olho para mim. Dou uma risada. Nós dois sabemos que ele não vai aparecer nessas câmeras digitais chiques — já dá para ver a imagem na tela —, mas é divertido saber que tem mais naquela foto do que jamais seria visto.

Olho para a minha câmera. Não tenho como ver nenhuma foto que tirei, o que significa que, até a revelação do filme, as imagens ali dentro serão um mistério, esperando para serem expostas.

Os meus pais surgem e é como se tivessem saído da capa de um dos seus livros: o meu pai com o blazer de lã e a minha mãe com o coque bagunçado e cheio de canetas. Eu não tenho um papel no programa de TV. Aparentemente a produção da série achou que eu poderia acrescentar um "elemento divertido à família", mas os meus pais foram mais protetores, o que por mim está ótimo — nunca curti atuar, sempre preferi ficar *atrás* da câmera. Então fico enroscada em um suéter gigante e de legging, observando enquanto um homem prende um microfone minúsculo na parte interna do paletó do meu pai. A mulher faz o mesmo com a minha mãe, que está ocupada arrumando as pastas dela.

A minha mãe retira um pedaço de papel com as três locações do dia:

1) AS CÂMARAS DA SOUTH BRIDGE
2) O BECO DE MARY KING
3) O BAR THE WHITE HART INN

— Cassidy — diz meu pai, me entregando um celular, o que me deixa imediatamente animada. — Isso — explica ele — é seu. Mas o pacote de dados não é barato. É para ligações, mensagens e emergências. E *não* para jogar Candy Crush. — Eu reviro os olhos.

Um toque animado soa, mas não está vindo do meu novo telefone. Um dos homens da equipe anuncia que Findley está no andar de baixo.

Findley, descobrimos, é o nosso guia oficial.

Os meus pais e eu seguimos para o térreo (junto com a equipe e com Jacob, logicamente). Findley está esperando na sala de estar. Ele é um homem atarracado, de barba aparada e é um pouco careca bem no meio da cabeça ruiva, o que faz parecer que ele está usando uma coroa. Uma espécie de Hagrid ruivo.

A Sra. Weathershire está servindo chá para ele, mas a xícara é tão pequena na mão larga do homem que parece que ela está despejando água quente direto nas palmas dele.

Assim que ele nos avista, o rosto de Findley se abre em um sorriso amigável.

— Findley Stewart — declara, com os olhos brilhando. — Ouvi falar que estão atrás de uns sustos. Bem, vieram ao lugar certo. — A voz grossa tem a cadência daqueles contadores de histórias pelos quais a minha mãe e eu passamos na Royal Mile.

Findley vira o chá em um único gole e deixa a xícara de lado.

— Prontos?

Com isso, seguimos a pé, liderados pelo nosso guia.

— É melhor não perdermos o clima agradável — comenta ele. — Por aqui — explica Findley —, é preciso aproveitar o sol sempre que ele sai, porque nunca se sabe quanto tempo vai durar.

Findley e a minha mãe parecem ter a mesma definição de "clima agradável".

A terra está úmida, e frestas de céu azul aparecem pelas nuvens, mas são rapidamente engolidas pelo cinza.

O meu pai olha para cima e, como se tivesse sido sincronizado, uma gota de chuva cai nos óculos dele. Findley bate nas costas dele, ri e segue pela estrada.

Conforme atravessamos a Cidade Velha, o nosso guia tagarela sobre pestes e assassinatos, ladrões de túmulo e corpos enterrados em paredes, como se estivesse falando de chá, bolos e um cochilo ao sol.

O meu pai está com o seu caderno, tomando nota, com a atenção dividida entre escrever detalhes e não tropeçar nos paralelepípedos. A minha mãe está concentrada nas histórias de Findley como uma mariposa atraída pela luz. Sei por experiência que o meu pai vai lidar com a parte histórica enquanto a minha mãe vai dar cor à narrativa. Vai fazer o espectador acreditar. Ela é boa nisso. Costumava me contar histórias tão vívidas que depois eu sonhava com elas. Ou algumas tão assustadoras que eu não conseguia dormir depois.

No fim das contas, descobrimos que Findley era amigo do falecido Sr. Weathershire. Os dois costumavam ir juntos aos pubs da cidade, e Findley o ajudava a coletar os relatos que preenchem as páginas dos diários do homem. Ele parece saber *muito* sobre os mitos e as lendas de Edimburgo.

E isso me dá uma ideia.

— Ei, Findley — digo. — Por acaso *você* conhece a história da Rapina Rubra?

Ele coça a orelha, pensativo.

— Ah, sim — afirma o nosso guia, assentindo. — Faz um bom tempo desde que a ouvi...

O meu coração acelera.

— É uma daquelas histórias que ouvimos na infância — continua ele. — Para nos manter na cama durante a noite. Deixa eu ver... As pessoas contam de maneiras diferentes: alguns dizem que ela perdeu um filho, outros dizem que ela não podia ter filhos, outros ainda contam que ela era viúva, e uns que ela era uma bruxa... Mas esta é a versão que eu conheço.

"Havia uma mulher, bela com a sua pele branca e os cabelos pretos, e um menininho que adorava sair por aí. E certa vez houve um inverno cruel, com uma tempestade de neve que deixou a cidade inteiramente branca, e o menino saiu para brincar e não voltou mais. A mulher colocou a sua capa vermelha para que o menino pudesse vê-la e foi às ruas. Ela chamou a criança, e cantou para ele, e pediu por ele, mas o menino nunca voltou para casa. Ela procurou a noite inteira, depois o dia seguinte inteiro, e congelou, ou deveria ter congelado, mas, em vez disso, algo se partiu dentro da mulher. Ela começou a ficar de olho em outras crianças, começou a chamá-las, cantar para elas, pedir por elas, até que elas viessem, atraídas pela voz e pela capa vermelha."

O meu olhar encontra o de Jacob, e a expressão dele é de preocupação.

— Durante todo o inverno, ela sequestrou crianças — prossegue Findley. — A mulher as aliciava e elas saíam das suas camas quentes e dos braços dos seu pais e de lugares seguros. Então os corpos eram encontrados do lado de fora da casa dela, congelados em pé.

Eu estremeço com a imagem. Com a memória do frio nos meus pulmões. Com a ideia disso subindo pela minha pele. Me cobrindo de gelo.

— Mas por que a chamam de Rapina?

A pergunta vem de Jacob, porém a repito para Findley.

— Ah — diz ele —, talvez por causa dos pássaros que se empoleiram no túmulo dela, ou por causa da cor do cabelo dela, ou talvez pela forma como a história é contada. Dizem que, se a mulher pegar você, a mão que tocar o seu braço vai se transformar em garras, e a voz dela vai se partir e virar um *grasnido* áspero, e os cabelos pretos vão se transformar em asas, e ela vai sair voando com você nas garras. A mulher assombra a cidade durante o inverno, roubando crianças e regalando-se no calor delas.

— Como o gaiteiro? — sugere minha mãe.

— Sim e não — responde Findley. — O gaiteiro é um conto de fadas. A nossa Rapina é um fantasma. Enforcada pelos seus crimes e enterrada aqui mesmo no Greyfriars. Mulheres que acabam de se tornar mães deixam enfeites e sinos no túmulo dela. — acrescenta ele. — Como um santo padroeiro, só que você reza para ela ficar longe. — Ele sorri de forma reconfortante. — Mas não precisa se preocupar com a Rapina nessa época do ano. Ela vem com o inverno.

Então por que a vi no cemitério?, pergunto a mim mesma. Por que ela parecia me querer?

O meu pai ajeita os óculos que estão caindo.

— Quer dizer que você acredita em fantasmas, Sr. Stewart?

Findley coça a barba.

— Vou dizer para você no que acredito, Sr. Blake. Acredito em história. — O meu pai se anima. *Resposta certa*, penso. Findley continua: — Edimburgo tem muita história, nem tudo é alegre. O tipo de coisa que a minha cidade já viu, bem, sem dúvida, deixa uma marca. Agora, se isso é um túmulo ou um fantasma, não sei dizer, mas você teria dificuldade de encontrar alguém que não tenha sentido um espírito ou visto alguma coisa que os tenha feito se questionar.

Viramos em uma rua larga chamada South Bridge: a primeira parada no cronograma de filmagem.

Conforme passamos por cafés e livrarias e uma dezena de lugares comuns, começo a relaxar. Consigo sentir o Véu, mas não está exatamente batendo no meu ombro. Ao contrário, o puxão é mais suave, roçando contra as solas do meu sapato, como se estivesse soprando da rua.

Os membros da equipe arrumam o equipamento e começam a filmar enquanto os meus pais narram.

— South Bridge, que significa Ponte Sul — começa minha mãe —, pode parecer uma rua comum, mas as câmaras acomodadas *abaixo* são um local de muitas assombrações.

Ah, até parece, penso, olhando para baixo.

— Não, não, não — diz Jacob.

— Dezenove câmaras, exatamente — diz meu pai. — E era, de fato, uma ponte — acrescenta ele — antes de a cidade crescer ao seu redor.

— Alguns poderiam dizer que a South Bridge era amaldiçoada desde o começo — prossegue minha mãe. — Quando a ponte ficou pronta, a honra de atravessá-la foi dada à esposa de um juiz, mas ela morreu dias antes da cerimônia... — A minha mãe para no vão de uma porta. — Dividida entre superstições e o que foi planejado, a cidade decidiu marcar a abertura da ponte mandando o caixão da mulher passar por ela.

— Corta — diz um dos membros da equipe. — Está ótimo.

— A nossa licença está com a data de amanhã — observa outra pessoa da filmagem —, então vamos esperar até lá para filmar as câmaras.

Jacob e eu suspiramos aliviados.

Dobramos a esquina e voltamos novamente na Royal Mile, com performances de rua e guias turísticos usando roupas de antigamente.

A equipe filma o que Findley chama de "filme B" dos meus pais andando pela multidão, emoldurados pelas grandes construções antigas. Em seguida Findley nos leva a uma pequena loja. O letreiro diz O BECO DE MARY KING.

— O que é *beco*? — pergunto.

— *Beco* — explica meu pai — significa um aglomerado de ruelas estreitas onde as pessoas costumavam trabalhar e viver. Mas, conforme a cidade se expandiu, as coisas novas cresceram sobre as velhas, e as vielas foram enterradas. As ruas subterrâneas foram esquecidas durante séculos. E então foram encontradas novamente.

— Isso soa promissor — comenta Jacob, em tom inexpressivo, enquanto entramos.

Em um lugar no qual, supreendentemente, de todas as coisas, encontro uma *loja de souvenir*.

Há prateleiras altas de metal que guardam lembrancinhas e panfletos, há também fotos ampliadas e penduradas nas paredes, além de um lugar para comprar ingressos, e nada disso parece particularmente assustador.

— Ah, a equipe de filmagem — comenta a mulher atrás do balcão.

— Estávamos esperando vocês — acrescenta um colega dela, com entusiasmo.

A mulher sai de trás do balcão e nos direciona para outro conjunto de portas.

— Podemos dar uma hora para vocês — diz ela, abrindo as portas.

Uma corrente de ar fresco ondula da abertura, e um mau pressentimento preenche o meu peito.

A minha mãe olha para mim.

— Querida — diz ela. — Não precisa descer com a gente se não quiser.

— Ouviu? — comenta Jacob. — Podemos simplesmente ficar aqui em cima, onde tudo é agradável e não tão mal-assombrado.

Mas lá está aquilo de novo, aquele *tap-tap-tap*. O impulso de me virar e puxar a cortina.

Estico os ombros.

— Não — falo. — Vou entrar, sim.

Jacob resmunga, e Findley sorri.

— Essa é a nossa garota.

A equipe passa adiante o que eles chamam de "tochas" — pelo visto é a palavra em inglês britânico para *lanternas*. Com a luz elétrica fraca em mãos, nós descemos para a escuridão.

CAPÍTULO DOZE

À medida que descemos, a temperatura cai.

Cai um pouco a cada passo. Não estamos em uma escada, porque a entrada do Beco de Mary King é uma descida lisa. Uma rampa para baixo iluminada por luzes amareladas e fracas nas paredes.

Há lençóis pendurados em varais no teto, e é difícil acreditar que estamos no subsolo, mesmo com o ar úmido e o cheiro de terra antiga, de pedra molhada.

Mas logo chegamos ao fim da rampa e o chão fica nivelado.

— Isso não foi tão ruim — digo.

Findley ri.

— Ih, moça, aquilo não é o Beco. — Ele pega o meu ombro e me vira para a direita. — *Isso* é.

Ah.

O lugar se alastra diante de mim: um labirinto de ruas estreitas e portas cobertas, arcos de pedra e lugares onde a luz não chega. Escuto um gotejar de água distante e vejo sombras dançando na parede.

Jacob cruza os braços sobre a sua camisa.

— Nossa, que ótimo tudo isso.

A equipe de filmagem monta os equipamentos, testando-os e ajustando a luz.

— Quase esqueci — diz Findley, entregando à minha mãe um pequeno dispositivo retangular. Parece com um *walkie-talkie* e tem uma linha de luzes na parte da frente.

— Um medidor de CEM! — grita ela, com a voz aguda e animada. O som ecoa pelos túneis conforme a minha mãe me mostra o dispositivo. — Campo eletromagnético — explica ela. — Para medir atividade paranormal.

Ela vira o interruptor, e o medidor emite um chiado baixo, igual ao som de um rádio entre estações. A minha mãe balança o aparelho, como se estivesse procurando um sinal. Jacob lança um olhar malicioso para mim e dá um passo na direção dela. O dispositivo acende, emitindo um som baixo.

— Olha só — comenta minha mãe. — Não é que funciona?

Penso em dizer para ela que é o Jacob, mas a última coisa que preciso é que a equipe de filmagem saiba que o meu melhor amigo é um fantasma. Ainda assim... preciso admitir, é bem legal ver a presença dele registrada em um dispositivo.

Jacob se afasta e o som morre, deixando apenas o gotejar de água nas pedras e o farfalhar dos nossos pés.

É silencioso aqui embaixo, mas não tanto quanto deveria ser.

O vento sibila, e acho que escuto alguém chamando, mas são palavras fora de alcance. Quando Findley me pega fazendo um esforço para ouvir, ele sorri.

— É só a cidade antiga pregando peças — cochicha ele.

— Será mesmo? — diz minha mãe, piscando um olho e girando em direção à câmera. Então a filmagem começa.

— O problema com o Beco de Mary King — começa ela — está ligado à peste.

— Quando o assunto são cadáveres — observa meu pai, com o seu tom de professor —, há duas grandes causas na história: doenças e guerra.

— E a Escócia viveu ambas — acrescenta minha mãe.

O meu pai continua, e a narrativa passa de um para o outro como uma bola de futebol.

— Quando a peste chegou em Edimburgo e a população começou a ficar doente, as pessoas saudáveis tinham tanto medo dos doentes que às vezes os enterravam *antes* que eles morressem.

Eu estremeço e olho para Jacob. Ele me encara de volta, arregalando os olhos azuis e fingindo pavor. Ou talvez seja pavor real. É difícil dizer quando Jacob está *de fato* com medo ou quando ele só está brincando.

As coisas são assim entre nós dois.

Ele finge que está com medo, mesmo quando não está.

Eu finjo *não* estar com medo, mesmo quando estou.

Eu me aproximo dele. Embora Jacob não seja de carne e osso, me sinto melhor perto do meu amigo. Ficamos lado a lado, o mais próximo que conseguimos sem que eu atravesse um cotovelo na lateral dele.

O Véu toca no meu ombro e, como um reflexo, os meus dedos se fecham na alça da câmera.

— Nem pense nisso — adverte Jacob.

Não se preocupe, respondo em pensamento.

O Véu se move no limite do meu olhar, uma tentação para que eu me vire e olhe, mas não faço isso. Há uma escuridão aqui, uma *malícia*, como a energia no Greyfriars.

— De onde vêm os fantasmas? — pergunta minha mãe, falando com suavidade, como se estivesse sentada na beira da minha cama. — Talvez tenha a ver com o modo como uma pessoa viveu. Mas sempre acreditei que tem mais a ver com o modo como ela *morreu*. — Ela bate os nós dos dedos na parede mais próxima. — Há uma razão para chamarmos esses espíritos de *inquietos*.

Não é como esses programas toscos de fantasmas na TV. A forma como os meus pais falam... é como se a minha mãe estivesse lendo uma história em voz alta, como se o meu pai estivesse em sala de aula. Eles fazem isso com tanta naturalidade que, por uns minutos, me esqueço de sentir medo de tão envolvida que fico pela voz dos dois. Esqueço que estamos no meio de um labirinto subterrâneo, cercados por ossos.

Então me viro de lado e vejo um par de olhos em um rosto pálido me encarando.

Eu grito e tropeço em Findley que estava atrás de mim.

— Corta — dispara um dos câmeras.

— Desculpa — murmuro, me sentindo culpada por ter estragado a cena. — Vi...

O segundo câmera aponta a lanterna dele para as sombras. Ela rebate na superfície lustrosa de plástico de uma figura de cera.

— Ah — comenta Findley. — Essas coisas estão por toda parte. É para criar uma *atmosfera*.

— Isso é supernormal — observa Jacob, friamente. — Nada bizarro.

Os meus pais, a equipe e Findley seguem por um corredor. Quando começo a segui-los, o *tap-tap-tap* fica um pouco mais fraco. Viro e vasculho o corredor, dando um passo em outra direção. O Véu fica mais forte. Se isso fosse um jogo de Quente ou Frio, eu estaria mais próxima do quente, enquanto os meus pais seguiriam direto para a água gelada.

Os dois podem ser brilhantes, mas visivelmente não sabem nada sobre encontrar fantasmas *de verdade*.

Espero até que eles estejam entre tomadas — com a luz vermelha da câmera desligada — antes de dizer:

— Por aqui.

Por aqui aqui aqui, ecoa a voz.

Os meus pais se viram, e a equipe os segue.

— Encontrou alguma coisa? — pergunta Findley.

Dou de ombros.

— É só um pressentimento.

Atravessamos uma porta baixa, e o mundo se fecha sobre nós, com o teto diminuindo e ficando logo acima da altura do meu pai. Um cômodo estreito. Sem janelas. Todo de pedra.

O lugar lembra um túmulo.

As câmeras começam a filmar. E o medidor eletromagnético dispara de novo.

Mas, dessa vez, Jacob não está perto do dispositivo. O volume muda do tom baixo de antes para um assobio alto, praticamente um gemido.

— Não, definitivamente não — diz Jacob, se afastando.

Nem pense em me deixar aqui, sussurro em pensamento.

Nunca fui muito claustrofóbica, mas começo a me arrepender por não ter ficado na rua. Enquanto os meus pais filmam, retorno para o corredor e não percebo o *tap-tap-tap* vindo para mim até ser tarde demais.

O Véu me alcança.

— Quando as ruas foram cobertas de tijolos durante a peste... — diz meu pai.

Segura os meus ombros.

— ... algumas das vítimas foram enterradas dentro...

Puxa as minhas mangas.

— Cass — adverte Jacob conforme fecho os meus olhos com força.

Não vou me virar.

Não vou olhar.

Não vou...

Mas no fim das contas não importa.

O Véu se parte atrás de mim. Eu arquejo conforme sou puxada para baixo e o ar gelado preenche os meus pulmões.

* * *

O Beco de Mary King é *lotado* de fantasmas.

Eles tossem, gritam, passam por mim. Escuto um som seco. Um amontoado de trapos rola rua abaixo. Tem uma pessoa — *tinha* uma pessoa — ali.

Por todos os lados, vejo paredes construídas pela metade. Há tijolos empilhados no chão úmido, e em algum lugar perto, há o som abafado de um punho batendo no chão.

Jacob resmunga ao passar uma das mãos pelo cabelo loiro bagunçado.

— *Cass*.

— Não era a minha intenção — retruco.

— Eu sei — responde ele, cruzando os braços sobre o peito e estremecendo. — Vamos só sair daqui.

Olho em volta.

A equipe de filmagem, Findley e os meus pais desapareceram, sendo varridos para trás da cortina. Se eu fizer um esforço, ainda consigo ouvi-los, as vozes fantasmagóricas ecoando. Contudo, quando me estico para pegar o Véu, a minha mão encontra algo sólido demais. Mais como uma parede do que uma cortina.

Isso não é nada bom. Tento engolir o pânico crescente conforme um homem-esqueleto passa coxeando por mim.

Uma mulher idosa soluça, chorando.

Uma família se junta para se aquecer.

Jacob se aproxima mais de mim. O ar no entorno está pesado, preenchido de medo, luto e doença.

Uma ondulação passa pelos fantasmas, e a cabeça deles vira quando notam a minha presença. Uma intrusa na morte, nas memórias e no mundo deles.

O homem-esqueleto para de andar.

A idosa estreita os olhos leitosos.

A família lança um olhar de raiva.

— Cassidy — sussurra Jacob. Tento alcançar o Véu, esperando pegar um pedaço da cortina e atravessar de novo, mas o tecido está firme sob o meu toque. Continuo tentando. Isso nunca aconteceu antes.

Os fantasmas começam a se mover.

Na nossa direção.

— Jacob — digo, devagar, tentando manter o pânico afastado da voz. — Um pouco de ajuda?

— Fica calma — responde ele. — Vou tirar a gente daqui. — Jacob põe a mão no meu braço, e consigo sentir os ossos nos dedos dele enquanto ele segura com mais força.

Ainda assim, nada acontece.

— Jacob?

Ele solta um grunhido como se estivesse tentando levantar algo pesado.

Posso ver que ele está tentando nos fazer atravessar o Véu novamente, só que definitivamente não está funcionando, porque ainda estamos ali, e os fantasmas continuam vindo na nossa direção, trazendo com eles uma onda de

Ameaça.

Malícia.

Raiva.

Terror.

Doença.

Dor.

Sinto os meus pulmões cheios de água gelada, uma dor fria nos ossos. Não consigo afastar as duas coisas. Não consigo separar as minhas memórias das deles, o que eu senti certa vez, do que acontece nesse momento, de novo e de novo.

— Jacob! — disparo, sem ar.

— Estou tentando!

Eu me afasto uns centímetros até encostar na parede. A minha mão tateia para a câmera no meu pescoço, agarrando-se a ela como se fosse um talismã, um lembrete do que é real. Os meus dedos roçam por um dos bo...

E o flash dispara.

Um clarão de luz estoura das minhas mãos, um golpe repentino e ofuscante nos túneis escuros.

Os fantasmas se afastam, alguns protegendo os olhos, outros piscando, como se temporariamente cegos. Isso não vai durar. Nesse segundo roubado, Jacob agarra a minha mão e me puxa por uma abertura entre a fileira de fantasmas, e nós corremos.

CAPÍTULO TREZE

Nós corremos pelo labirinto de becos subterrâneos. Consigo sentir os fantasmas nos seguindo, consigo ouvi-los se aproximando, mas não olho para trás. Meus pés me carregam por pedras ásperas, por passagens e câmaras e corredores.

Enfim, vejo uma escadaria.

Sobe. É tudo que consigo pensar. Cada passo nos leva para mais longe do Beco de Mary King, de sua horda fantasmagórica e dessa onda de sensações horríveis.

No meio do caminho para a rua, o Véu fica fino o bastante para que eu consiga alcançá-lo, então agarro a cortina — que finalmente é de tecido novamente — e a puxo para o lado. Caímos por ela, para fora do Véu e de volta a um mundo de luz pálida e ar fresco.

Suspiro com o ar frio nos meus pulmões, sinto como se tivesse subido das profundezas da água. O peso da mão de Jacob desaparece, mas ele ainda está ali, ao meu lado. A luz do sol é filtrada por ele, que se recosta na parede do beco.

Olho em volta, perdida.

Não, não *perdida* — é difícil ficar perdida quando consigo ouvir o barulho da Royal Mile a distância. Além disso, há uma inclinação no chão, então para *cima* leva a um lugar e para *baixo* a outro. Não estou perdida, mas também não sei onde estou.

Eu estava tão concentrada em sair do Beco de Mary King, em sair do Véu, que acabei não prestando atenção no caminho. Devo ter subido por escadas diferentes, porque Jacob e eu estamos no meio de uma rua estreita que jamais vi antes. Minha visão se divide em três quartos de pedra cinza e um quarto de céu cinza. Não há nenhum alvoroço, nenhum barulho.

Ao me apoiar na parede, escorrego até sentar no chão, o que provavelmente não é higiênico, mas não ligo. A minha pele ainda parece estar coberta de teias de aranha e, cada vez que eu pisco, vejo fantasmas. A forma como olharam para mim, com aquele desejo e ódio e medo.

Já estive em muitos lugares mal-assombrados antes, mas jamais em um lugar onde o Véu fosse mais forte do que eu. Mais forte do que *Jacob*. Ele está de pé, com os braços cruzados, e eu queria que pelo menos desta vez eu conseguisse ler os pensamentos dele, porque não consigo ler seu rosto.

— A gente deveria ter ido passear na cidade — falo, por fim.

Ele suspira e se agacha ao meu lado.

— Deu até saudades de alunos esquisitos em auditórios pegando fogo, né?

Tento sorrir. Nós ficamos sentados por uns instantes, em silêncio exceto pelo barulho das gaivotas acima e o som distante da gaita de foles.

— Você está bem? — pergunta Jacob, e fico grata por isso. Ele sabe que não estou, mas pergunta mesmo assim, e sei que se eu mentir, ele não vai jogar isso na minha cara. Nós dois apenas fingiremos... que somos normais, que ele não é um fantasma que lê pensamentos, que eu não sou... o que quer que eu seja. Que não sou atraída por lugares cheios de morte como uma pedra rolando morro abaixo. Tão constante quanto a gravidade.

O que há de errado comigo?

— Por onde devo começar? — brinca Jacob.

Bato com o ombro nele e sinto um formigar frio conforme o meu braço passa direto pela manga da camisa de Jacob.

— Isso faz cócegas — diz ele, levantando e esticando a mão para mim. Queria poder segurá-la. Em vez disso, me apoio na parede. Estou na metade do caminho quando Jacob olha para a direita e fala: — Não é possível.

Sigo o olhar dele e vejo uma menina atravessando a rua.

Imediatamente a reconheço. A pele marrom, o cabelo preto preso em uma trança bem-feita. A menina do Fim do Caminho.

Lara Jayne Chowdhury.

Enquanto anda, ela segura o colar com uma das mãos, e o pingente de espelho gira entre os seus dedos, refletindo a luz.

— O que ela está fazendo? — pondera Jacob ao vê-la virar uma esquina.

— Não faço ideia — digo, me endireitando. — Mas quero descobrir.

Nós a seguimos, dobrando a esquina bem a tempo de vê-la parando, olhando para a esquerda e para a direita, então *desaparecendo*.

Ali, no meio da rua — e em direção ao nada.

O que não é possível.

— A não ser... — começa Jacob.

Completo o pensamento: *A não ser que ela seja como eu.*

Relembro a sensação de reconhecimento. A forma como Lara olhou para mim e pareceu ouvir quando Jacob riu.

Você acredita em fantasmas?, perguntou ela naquele momento.

Vou até o local onde ela desapareceu e posso sentir o ondular da cortina conforme o tecido retorna para o lugar.

Lara não foi para o nada.

Ela entrou no *Véu*.

E estou quase fazendo o mesmo quando Jacob me interrompe.

— Não — diz ele. — Esqueceu o que acabou de acontecer? Esqueceu a parte sobre como ficamos *presos*?

— É claro que não — respondo, com a memória dos fantasmas ainda forte. Mas nunca conheci ninguém como eu. Preciso ver. Preciso saber. Pego a cortina, puxando-a de novo.

— Você pode ficar aqui — falo para ele. Por um segundo, acho que Jacob vai mesmo ficar, como se ele não pudesse ouvir os meus pensamentos batendo com o coração.

Você pode ficar, mas não quero que fique.

Jacob bufa, irritado.

— Regra #9 — resmunga ele, me seguindo.

O Véu está mais fino ali, a transição é mais fácil. O frio nos meus pulmões mal passa de um respiro, um calafrio, então some.

Nós atravessamos. Os meus pés pousam em ruas de pedra antiga. A luz brilha no meu peito. Ao meu lado, Jacob está sólido... e definitivamente irritado.

Ele gesticula para o beco.

— Então?

Está vazio. Nada de Lara. Nada de fantasmas. Nada além de uma névoa fina.

Mas não é possível. Eu a vi desaparecer. Vi...

Uma voz familiar, com sotaque britânico, corta o silêncio.

— Observe e escute...

As palavras são carregadas pelo ar, e, quando as sigo, dobrando a esquina mais próxima, vejo Lara no pé de uma pequena escada. Ela está de costas e acinzentada como eu, com a mesma luz incandescente no peito.

E ali, esparramado na escada, como se tentasse fugir, há um fantasma. Um homem da idade do meu pai, com a barba curta e um longo sobretudo que se espalha ao redor dele igual a uma sombra.

O colar de Lara balança em sua mão esticada, o espelho de frente para o fantasma como um pêndulo de hipnose. Só que o pingente não está balançando de um lado para o outro. Não está se movendo. Fica perfeitamente parado, assim como o homem.

Jacob está imóvel ao meu lado. Eu seguro o fôlego.

— Veja e saiba... — continua Lara.

As palavras soam quase como um feitiço. Talvez *sejam* um feitiço, porque o fantasma fica ali nos degraus, como se estivesse preso. Lara fica ereta, com os dedos espalhados conforme recita a terceira e última linha:

— Isso é o que você é.

O ar ondula com a força das palavras, e o Véu inteiro estremece. Então vejo o fantasma ficar mais fino, parecendo ser de vidro e neblina em vez de ser de carne e osso. Consigo ver direto através dele, consigo ver a coisa espiral no peito dele. Um rolo de corda, de fita.

Como o meu, mas sem luz.

Lara alcança lá dentro e puxa a fita para fora. A extremidade está presa ao peito dele, mas ela dá um puxão ágil. O fio escuro solta, ficando caído entre os dedos dela por um momento antes de se despedaçar em cinzas.

Um instante depois, o homem se despedaça também, apenas... desmorona. Um segundo, ele era um fantasma, no outro, nada. Uma brisa passa pelo beco, repentina e não natural, soprando a poeira para longe.

Jacob suspira em choque, e Lara vira a cabeça de repente.

Eu o empurro para o lado, para a esquina, tirando-o da vista enquanto ela dá meia-volta, limpando o restante da poeira das mãos.

Olho para ela, completamente chocada.

Ela me encara por um bom tempo, observando com os olhos castanhos sem piscar.

— O que foi? — dispara Lara, por fim. — Até parece que nunca viu uma caçadora de fantasmas antes.

PARTE TRÊS
CAÇADORES DE FANTASMAS

CAPÍTULO CATORZE

— O que você... — A minha voz morre no meio da frase, sem saber o que dizer. *Uma caçadora de fantasmas?* De soslaio, vejo Jacob estremecer e, imediatamente, fico feliz por ela não poder vê-lo.

— Eu deveria ter percebido — continua ela, de forma direta.

— Percebido o quê?

— Que você era como eu. — Lara põe o colar novamente no pescoço e guarda o pingente embaixo da camisa. Noto que a luz no peito *dela* é de um tom mais quente, é mais rosada, enquanto a minha é azul, mais fria. — Acho que suspeitei no Fim do Caminho. Mas você parecia tão sem noção. Quase como está agora...

— Ei. — Isso me irrita. — Eu sabia que tinha alguma coisa estranha sobre você também.

Ela arqueia uma sobrancelha preta perfeita.

— Ah, é?

— Eu só não sabia o que era — explico. — Não tinha me dado conta de que havia outras pessoas... que podiam...

— Ah — diz Lara, ajustando as tranças. — Achava que você era a única que tinha conseguido enganar a morte? A única capaz de atravessar para o intermédio? Diferentona.

— Intermédio?

Ela gesticula para o nosso entorno.

— Ah — respondo. — O Véu.

Lara levanta uma sobrancelha.

— É assim que chama esse lugar?

— É melhor do que *intermédio* — retruco. Lara começa a protestar, mas somos interrompidas por vozes, passos, novos fantasmas se aproximando. No plural. Nós duas ficamos tensas.

— Não deveríamos ficar aqui — comenta ela, dando meia-volta e sumindo pelo Véu sem olhar para trás. Estou prestes a ir também quando Jacob segura o meu pulso.

— Não estou gostando disso — sussurra ele. — Não gosto dela. Viu o que ela *fez* com aquele cara? Porque eu vi, Cass. Ela transformou o homem em *cinzas*.

Eu sei. Eu vi. No entanto, a minha cabeça está explodindo com perguntas.

Talvez Lara tenha respostas. Liberto o meu pulso da mão de Jacob e atravesso o Véu. Sinto a descarga fria, então estou novamente no lado sólido das coisas.

Dessa vez, Jacob não me segue.

Lara aperta a ponte do nariz.

— Edimburgo me dá dor de cabeça.

— O que você... — começo.

— Eu achava que o intermédio em Londres era ruim, mas tem alguma coisa sobre essa cidade, não consegue sentir? Como um cobertor de chumbo...

— O que você *fez* com ele? — pergunto.

Os olhos dela se voltam para cima.

— Com quem?

— O homem nos degraus.

Ela enruga o nariz.

— Ele não era um *homem* — declara Lara, presunçosamente. — Era um *fantasma*. Eu o mandei adiante.

— Para onde?

Ela dá de ombros.

— Para o grande desconhecido? Para o lado silencioso? Para a luz? Chame como quiser. Mandei o espírito para um lugar *além*. Onde ele *deveria estar*.

Deveria estar?

— Por quê?

Lara levanta as sobrancelhas.

— Oi?

— Por que fez isso?

Ela se irrita.

— Porque é o meu *trabalho*.

— Alguém contratou você para caçar fantasmas?

— É claro que não — responde Lara. — Mas é o que a gente *faz*.

A gente? Caçar fantasmas? Não estou entendendo. E devo ter dito isso em voz alta, pois ela suspira e diz:

— Óbvio. Fantasmas não ficam no intermédio porque querem, Cassidy. Eles ficam porque não conseguem seguir adiante. Estão presos. Cabe a nós libertar esses espíritos.

Nós.

Lara franze o cenho.

— O que você tem *feito* no seu *Véu* se não está caçando fantasmas? — Os olhos dela se voltam para a máquina fotográfica no meu pescoço. — Ai, Deus, não me diga que está *fazendo turismo*?!

— Humm... — Abro e fecho a boca. Não sei o que responder.

O telefone dela toca com uma mensagem de texto, e ela a verifica.

— Argh, tenho que ir.

— Espera — consigo dizer —, não pode simplesmente ir *embora*.

— Já estou atrasada — explica Lara, seguindo para o beco. — Combinei de encontrar a minha tia Alice no museu. Os meus pais insistem em passeios semanais de *enriquecimento cultural* ou qualquer coisa assim... Ah — acrescenta ela, quase como um parênteses. — Você sabe que está sendo assombrada, certo? Tem um menino — continua Lara, pondo a mão para cima — mais ou menos dessa altura, de cabelo loiro bagunçado, uma camisa com um alvo...

Enrijeço. Ninguém jamais foi capaz de ver Jacob.

— Sim — falo, com cuidado. — Sei.

Lara franze o cenho.

— E ainda não fez nada sobre isso?

E o meu estômago pesa de repente, pois sei o que ela quer dizer com isso. Está no nome do trabalho: *caçador de fantasmas*.

— Ele é meu *amigo*.

Lara contrai os lábios como se tivesse comido algo azedo.

— Má ideia. — Parece que ela vai dizer mais alguma coisa, porém seu celular toca de novo, então Lara apenas balança a cabeça e segue apressada para a saída do beco.

— Espera — peço. — Por favor, nunca conheci ninguém que... que conseguisse... você disse...

Dezenas de perguntas passam pela minha cabeça, e ela percebe na hora, porque diz:

— Estou no 1A.

— Hã?

— O meu flat no Fim do Caminho. Passa lá amanhã de manhã. Às 10h. — Lara continua em direção à rua. — Não se atrase.

* * *

Deslizo na parede com a cabeça a mil por hora.

É o que a gente faz.

O meu trabalho... caçar fantasmas... mandá-los adiante... É por isso que sou capaz de atravessar o Véu?

E uma pergunta ainda mais desconcertante: Jacob *sabe*?

Será que ele sempre soube?

Como se tivéssemos combinado, ele reaparece. Surge bem no meio dos paralelepípedos, com os braços cruzados e os olhos sombrios. Posso ver que não está contente.

Tento esvaziar meus pensamentos para que Jacob não os escute, mas é como se ele nem estivesse ouvindo.

— A conversa foi boa? — pergunta ele, friamente.

— Para com isso — respondo. — Eu só estava curiosa. Não sabia que outras pessoas podiam atravessar o Véu. *Você* sabia?

Jacob raspa o chão com o tênis.

— Não.

Ele visivelmente não quer conversar, mas não consigo impedir que outras perguntas saiam.

— Você sabia o que eu realmente era, Jacob? O que eu podia fazer?

Ele estremece, porém não responde.

— Você disse que existiam regras para o Véu.

— E *existem* mesmo.

— Regras que você não podia me contar. *Isso* era verdade? Ou você só não queria?

Jacob fica vermelho e desvia o olhar, o que é tão bom quanto uma resposta.

— Você não confiou em mim — digo, surpresa com o quanto dói colocar isso em palavras.

Ele balança a cabeça.

— Não é assim, Cass.

— Regra de amizade #6, Jacob. Um amigo não deixa o outro no escuro.

Ele parece triste.

— Desculpa. Eu só estava... — Jacob pondera — com medo...

— De quê? — pergunto, mas antes que ele consiga responder, o meu celular toca.

Ops.

— *Cassidy?* — diz meu pai, soando muito preocupado quando eu atendo. — Onde você está?

— Desculpa — falo, rapidamente. — Eu precisava de um pouco de ar fresco e me perdi.

Sigo as instruções dele, com Jacob no encalço, e voltamos para a entrada do Beco de Mary King. O meu pai aparece um segundo depois, com o cabelo bagunçado e os óculos empoeirados.

— Aí está você — comenta ele. — Procuramos em *todos os lugares*. Liguei quatro vezes antes de você atender.

Pelo visto, não tem sinal no Véu.

O meu pai se vira e grita para o túnel:

— Encontrei a Cassidy!

Encontrei a Cassidy, a Cassidy, a Cassidy, ecoa a voz.

— Desculpa — lamento, abaixando a cabeça. — Acho que fiquei meio assustada.

O meu pai me puxa e me abraça.

— Posso te contar um segredo? — Faço que sim com a cabeça, e ele diz: — Esse lugar me deixa apavorado também. — Apertando o meu ombro, meu pai acrescenta: — Mas não fala para a sua mãe. Preciso manter a reputação.

A minha mãe aparece um pouco depois, com a equipe de filmagem e com Findley vindo atrás.

— Isso foi incrível! — comenta ela, com as bochechas coradas. Que bom que ela curte um susto. Aposto que amaria ainda mais se pudesse ver o outro lado. O meu pai lança um olhar para ela, e a minha mãe fica séria, substituindo o sorriso por uma testa franzida de mãe preocupada.

— Exceto pela parte do seu sumiço, mocinha. Isso *não nada* foi incrível.

Murmuro um tímido pedido de desculpas.

Findley pisca um olho para mim.

— Será que já te fizemos acreditar em fantasmas?

— Ah — responde minha mãe. — A Cassidy sempre acreditou.

Findley ergue as sobrancelhas ruivas.

— É mesmo? — questiona ele, com nova admiração por mim.

— O melhor amigo dela é um espírito.

E, simples assim, a minha mãe faz com que vá de interessante a louca em uma só frase.

— *Mãe.* — Olho irritada para ela.

A minha mãe me envolve em seus braços.

— Abrace o seu lado estranho, filha querida. Qual é a graça de ser normal?

Diz a pessoa que não vê fantasmas.

CAPÍTULO QUINZE

Terminamos o dia em um lugar chamado Grassmarket, o que significa mercado de grama.

Mas é claro que não há grama alguma, e não vejo qualquer sinal de um mercado. É apenas uma praça bem ampla cercada de lojas e pubs. O castelo paira atrás dos prédios como uma sentinela sobrenatural, mas a praça em si é agradável, arejada e ampla.

Nada mau, penso eu, logo antes de a minha mãe contar que aqui costumava ser uma área de execução. Por que ainda fico surpresa?

Como era de se esperar, ao seguir a equipe pela praça, o Véu se torna mais espesso em volta dos meus braços e das minhas pernas, até parecer que estou andando dentro da água. A única razão pela qual não sou puxada é porque os meus pensamentos ainda estão presos em Lara Chowdhury: o colar com espelho, o encantamento estranho e a forma como o fantasma se despedaçou aos pés dela.

É o que a gente faz.

Jacob está ansioso e inquieto ao meu lado. Não conversamos mais sobre o que aconteceu no beco, sobre o que ele quis dizer quando falou que estava com medo de me contar. Mas não é hora disso, então nos esforçamos para fingir que não tem nada errado.

O meu pai gesticula para uma placa de pedra no chão.

— Está vendo isso, Cassidy? Centenas de pessoas foram mortas bem aqui. — O Véu se torna um chumbo quando me estico para passar a mão na placa.

— Haha nãoooo — diz Jacob, me enxotando.

Estou pronta para o pior quando chegamos na última parada do dia — um bar chamado The White Hart Inn, supostamente conhecido pelas suas assombrações. Mas fico aliviada ao perceber que o *tap-tap-tap* do Véu diminui e se torna um formigar distante.

Felizmente, o bar não é mal-assombrado.

Pelo menos não mais do que o resto da cidade. O que é bom, pois chega de *Espectores* por hoje. Os meus pais e a equipe vão para os fundos filmar enquanto Findley e eu (e Jacob) nos sentamos em uma mesa de canto e pedimos comida.

Findley se levanta para ir ao bar, mas Jacob e eu não conversamos durante esse tempo. Não consigo parar de pensar no que ele disse — e não disse. Jacob mantém os olhos na mesa o tempo todo, tentando levantar um descanso de copo.

Por fim, Findley reaparece, apoiando duas canecas de cerveja sobre a mesa.

— Humm — falo —, na verdade, não tenho idade suficiente para beber.

Ele ri, um rugido grave e vivo.

— Não é para você — comenta ele, puxando uma caneca para si. — Essa é minha... — explica Findley conforme empurra a outra para o assento vazio ao lado dele — e essa é do Reggie.

Olho ao redor do pub.

— Reggie?

— Reggie Weathershire — responde ele. — O meu antigo camarada. Esse era o lugar favorito dele.

Os meus olhos se arregalam. O marido falecido da Sra. Weathershire. Aquele que está morto há oito anos.

— Acha que ele está assombrando esse lugar? — pergunto.

Findley dá de ombros de uma maneira amigável.

— Não sei dizer. Mas, se estiver, não quero que fique com sede. Eu sempre pagava a primeira rodada.

Não há qualquer sinal do Sr. Weathershire, não desse lado do Véu. No entanto, o meu pai certa vez me disse que os vivos se agarram aos mortos, que "fantasmas" são só uma maneira de manter as pessoas conosco. É claro que eu sei que tem mais por trás disso, mas a ideia do Sr. Weathershire estar ali no bar parece deixar Findley feliz.

Uma cesta enorme de batata frita — quer dizer, *chips* — chega à mesa. Eu as tempero com vinagre e ponho uma na boca.

Findley ri.

— Daqui a pouco vamos transformar você numa local.

Pego outra batata.

— Você *realmente* acredita em fantasmas?

— Sim — afirma ele sem pensar duas vezes. — De certo modo. Acredito que algo é deixado para trás quando uma pessoa morre, um tipo de memória. Vivo há tempo demais nessa cidade para não acreditar. Mas não acho que eles realmente querem nos machucar.

Lara provavelmente discordaria.

— Mesmo que queiram... — acrescenta ele. — Ouvi dizer que você tem o seu fantasma como anjo da guarda. — Fico tensa, mas não há ironia na voz de Findley. Há uma luz curiosa em seus olhos, mas ele não está zombando de mim. — Não tem nada a temer com um amigo assim.

Jacob levanta o olhar e sorri levemente.

— Sabe que sempre vou proteger você, Cass.

— Então — continua o nosso guia —, me conte sobre o seu fantasma. Qual o nome dele?

Ponho outra batata na boca.

— Jacob — respondo. — Ele salvou a minha vida — completo.

Findley ergue as sobrancelhas.

— É mesmo? Ora, que sorte a sua.

Eu encaro Jacob. *Que sorte a minha.*

Jacob fica vermelho e olha para a mesa. Logo depois, os meus pais aparecem com a equipe, e a conversa do jantar gira em torno do programa de TV. Faço torres de *chips*, e Jacob tenta derrubá-las.

Quando está na hora de ir embora, todos nos levantamos, com os equipamentos e tal, e seguimos para a porta. Eu olho para a mesa uma última vez e percebo que a caneca do Sr. Weathershire está vazia.

Se esse dia me ensinou alguma coisa, é que ainda tenho muito a aprender.

Talvez o mundo seja ainda mais estranho do que imagino.

A equipe diz boa-noite e voltamos para o Fim do Caminho. O meu pai e Findley estão entretidos conversando, Jacob está assobiando a música tema de algum desenho animado que eu não consigo lembrar e a minha mãe está com a cabeça jogada para trás para aproveitar o ar do verão. A lua está alta.

A noite está fresca, limpa e perfeita, e tiro algumas fotos das ruas sinuosas, dos postes de luz âmbar. Mesmo sem estar no Véu, há algo realmente mágico sobre essa cidade.

Estamos no topo da Royal Mile quando escuto a música.

Ela ecoa pela rua e, a princípio, acho que está vindo de uma performance de rua ou de um músico tocando a gaita de foles. Mas a rua está vazia, escura. E posso ouvir perfeitamente.

É uma mulher cantando.

A voz se prende ao meu pensamento como um gancho, fazendo com que eu diminua os passos. Conheço essa música. Ou melhor, conheço a voz que está cantando. Porque não é uma pessoa, na verdade. Consigo visualizar mentalmente a capa vermelha, os cachos pretos, a mão estendida. Paro de andar e me viro, procurando o som. Está tão perto. Quero encontrá-la.

Preciso encontrá-la.

— Está ouvindo isso? — sussurro. Contudo, mais ninguém parece notar a música, nem mesmo Jacob, que olha para mim como se eu tivesse perdido a cabeça. Ergo a cabeça, escute, escute, mas antes que eu consiga localizar o foco de música, ele desaparece.

Não escuto nada além do vento.

Os meus pais ficam acordados até tarde, repassando o material filmado e se preparando para a gravação no dia seguinte, enquanto eu vou direto para a cama. Tudo o que eu quero fazer é dormir (e de preferência sonhar com alguma coisa que não seja um beco mal-assombrado e câmaras subterrâneas).

Mas o sono não vem.

Não fica.

Acabo rolando na cama a noite inteira. Quando fecho os olhos, vejo os túneis quebrados no Beco de Mary King, a forma como dezenas de rostos doentios se voltaram para mim. A cena se desfaz e volto para a parte superior da cidade, com Lara Chowdhury de pé na rua, o pingente de espelho balançando entre os dedos dela.

Observe e escute...

Veja e saiba...

Isso é o que você é...

É de madrugada quando jogo as cobertas e me levanto, quase tropeçando em Ceifador. Saio silenciosamente para a sala. A porta para o quarto dos meus pais está entreaberta, mas as luzes estão apagadas e consigo ouvir o ronco leve do meu pai.

— Jacob? — sussurro, com esperança de ele estar por perto. Contudo, ninguém responde.

Vou até a escrivaninha antiga abaixo da janela. A minha câmera e a sua alça roxa estão mergulhadas no luar. Pego a máquina e olho o painel acima — tenho dez fotos no rolo. Reviro a máquina nas mãos, com a intenção de limpar as lentes com a manga do pijama, quando vejo algo.

Normalmente não estou desse lado da câmera, então nunca percebo a forma como a lente reflete, igual a um pedaço de vidro. Ou igual a um *espelho*.

Será esse o motivo pelo qual Jacob nunca olha para a câmera quando tiro uma foto dele?

Quantos segredos ele está guardando?

Quantas coisas eu ainda preciso entender?

CAPÍTULO DEZESSEIS

— Tem certeza de que não quer vir? — pergunta minha mãe na manhã seguinte. — Nós vamos explorar as câmaras da South Bridge. Dizem que *transbordam* de atividade paranormal.

É assim que pais normais falam com seus filhos?

— Desde quando alguma coisa sobre a sua família é normal? — comenta Jacob.

— Imagino — respondo à minha mãe, puxando Ceifador para perto. — Mas acho que vou ficar de fora dessa vez.

— Está tudo bem? — pergunta meu pai, rabiscando alguns pensamentos de última hora no caderno.

— Aham — afirmo, pois *não* vou contar que tem uma menina no prédio esperando para conversar comigo sobre caçar fantasmas. Sequer me permito pensar nisso com Jacob ali, e o segredo pesa entre nós dois como uma mentira. Em vez disso, sigo o caminho do medo, que já foi provado e sei que funciona. — É só... — Mordo os lábios para dar mais efeito. — Ainda estou meio assustada por causa do Beco de Mary King... — Foi *mesmo* bem sinistro. E teve toda aquela parte sobre o Véu *não me deixar sair.* — Não sei se estou pronta para fazer isso de novo.

— Ah, querida — comenta minha mãe, tirando o cabelo do meu rosto. — Ouvi você se remexendo essa noite. Foi por isso? — Confirmo que sim, e ela passa a mão na minha cabeça. — Você sempre foi sensível a essas coisas.

— Se afogar não ajudou — provoca Jacob. Lanço um olhar de aviso para ele.

— A energia lá embaixo — explico, estremecendo — era *tão pesada*.

Jacob bufa, visivelmente achando que estou exagerando, mas a minha mãe assente com compreensão.

— Definitivamente tinha algo malévolo lá — afirma ela.

— Talvez — diz meu pai — não tenha sido o melhor lugar para levar uma criança.

Quase me enervo com isso. Odeio quando os dois me chamam de *criança*. E posso perceber pelo tom de voz dele que os meus pais já tiveram essa conversa antes. Que, desde o começo, o meu pai não achava que eu devia ter vindo para Edimburgo. Havia uma versão dessa história sem a minha presença?

— Não! — disparo. — Vou ficar bem. Só preciso de um dia. Nem mesmo isso. Só essa manhã! Algumas horas normais, sem espíritos, espectros *poltergeists*, fantasmas ou... — Estou tagarelando. Jacob franze o cenho, e sei que ele está tentando descobrir o que pode estar passando pela minha cabeça, mas me concentro nos meus pais. — Provavelmente foi a junção de comida gordurosa e de fuso horário. Já já volto para o clima de procurar fantasmas — concluo com firmeza.

— Com certeza — responde minha mãe, beijando a minha testa.

O meu pai deixa dinheiro para qualquer emergência, assim como o cronograma de filmagem do dia e instruções rigorosas para eu ficar quieta no Fim do Caminho até eles voltarem, porque Edimburgo pode ser uma cidade muito bonita, mas ainda assim é uma cidade estrangeira.

— Divirtam-se caçando fantasmas — grito conforme a porta se fecha atrás deles.

Jacob se joga no sofá ao meu lado.

— O que vamos fazer? — pondera ele em voz alta. — Podemos ver os programas estranhos da TV escocesa, ou ver onde a Sra. Weathershire esconde as bolachas, ou... Por que está me olhando desse jeito?

— Não entre em pânico — digo, devagar.

Os olhos dele se estreitam.

— Essa realmente não é a melhor maneira de começar uma frase se você quer que eu fique calmo.

Eu me mexo, inquieta, mas não adianta mentir para ele. Mentir já é difícil. Mentir para alguém que lê mentes é quase impossível.

— Meio que preciso encontrar alguém.

Jacob não precisa perguntar quem. Ele consegue ver a resposta, estampada nos meus pensamentos, e eu posso ver o pavor estampado no rosto dele.

— Só pode estar brincando.

— A gente só vai conversar.

— Não *acredito* que você vai encontrar aquela menina!

Não quero brigar com ele de novo. Não sobre isso. Jacob não pode ficar irritado comigo por querer *entender*...

— Ela é uma *caçadora de fantasmas* — diz ele, gesticulando para si mesmo. — Sabe, alguém que *caça fantasmas*.

— Sei o que ela é. Mas, ao longo do último ano, eu achava que era a única que podia atravessar o Véu. Desculpa por ficar curiosa, mas nunca conheci ninguém como eu.

— Mas ela *não* é como você! — dispara Jacob. — Você tira fotos. Você não... — Ele mexe com a mão. — *Desfaz* fantasmas.

Mas esse é o problema. E se eu *devesse* fazer isso?

Jacob deve ter ouvido o meu pensamento, porque o rosto dele se contrai. Nunca o vi tão irritado assim. A raiva muda as pessoas, porém muda os fantasmas ainda mais. Os limites do corpo dele ondulam e o rosto se esvai de toda cor. Ele fica... macabro.

— Sou muito a favor de você fazer novos amigos, Cass — declara ele, e quero comentar que duvido que Lara esteja interessada em amizade, mas Jacob não deixa. — Mas talvez possa escolher alguém que não transforma pessoas como *eu* em pó.

Antes que eu consiga me impedir, retruco:

— Se você tivesse sido sincero comigo desde o começo, talvez eu não precisasse sair por aí procurando respostas!

Jacob me encara com raiva por um tempo, então joga as mãos para o alto e some, me deixando sozinha no flat.

Não é muito justa a forma como ele pode simplesmente correr de uma briga.

Mas jamais briguei com Jacob antes dessa viagem.

Esse pensamento faz com que eu sinta um calafrio por todo o corpo.

Espero o máximo de tempo que posso. Ando de um lado ao outro, guardo o dinheiro no bolso, penduro a câmera no ombro e calço o tênis, amarrando os cadarços lentamente, na esperança de ele retornar. Mas às 10h ele ainda não está de volta.

Se eu não sair, vou me atrasar.

Bato no 1A, esperando ver a Lara. Por isso, fico surpresa quando a Sra. *Weathershire* abre a porta. Ela está com um vestido de ficar em casa e os cabelos brancos presos em um coque meio solto.

— Ah, olá! — diz ela, com seu jeito alegre. — Você é a menina Blake, não é? Está tudo bem?

Primeiro, penso que devo estar no flat errado, mas então Lara aparece no curto corredor atrás.

— Ela está aqui para me ver, tia.

A Sra. Weathershire bate palmas.

— Ah, que ótimo. — Ela se inclina para a frente e sussurra: — Já está na hora da nossa Lara arrumar uma amiga. — Depois ela se endireita e abre caminho para mim. — Entre, querida. Vou colocar a chaleira para esquentar.

— Não precisa — responde Lara, pegando um casaco. — A gente vai dar uma volta.

Vamos?, penso, mas ela já está me puxando para descer as escadas. Lara está vestindo uma legging e um vestido de manga comprida, com o cabelo preso em uma elaborada trança espinha de peixe. Eu estou de jeans e de casaco e mal consigo fazer um rabo de cavalo decente.

Estamos no hall de entrada quando escuto o andar de passos acima.

— Sr. Weathershire? — arrisco, olhando para o alto.

Lara revira os olhos.

— Nem *tudo* é paranormal, Cassidy. De vez em quando, é só o encanamento velho.

Não está chovendo do lado de fora, mas está com cara de que pode começar. Isso, estou rapidamente aprendendo, é o que os escoceses chamam de "parcialmente ensolarado". Uma brisa fresca bate, um aviso imediato de que não estou com roupas quentes o bastante. Contudo, Lara está andando de forma tão acelerada pela rua que não ouso pedir para voltar.

O caminho se inclina para baixo, afastando-se da Royal Mile. Não sei para onde estamos indo, e Lara não é exatamente o tipo falante, então procuro comentar amenidades.

— Você é fã de Harry Potter? — pergunto.

— Está perguntando porque sou inglesa?

— Não — respondo —, estou perguntando porque é Harry Potter e é incrível. E a autora escreveu os livros aqui!

Lara levanta o queixo.

— Bem, a história do Elephant House é contestada pelos locais. — Ela hesita, depois acrescenta: — Mas sempre me vi como sendo da Corvinal.

— Então você *é* fã!

Lara me olha de soslaio.

— Me deixe adivinhar: você é da Grifinória.

Fico radiante.

— Como você sabe?

Ela me olha da cabeça aos pés.

— Imprudente, cabeça-dura, com grandes chances de se meter despreparada em uma situação. — Um leve sorriso. — Além disso, você está usando um casaco vermelho e dourado de Hogwarts.

Olho para mim mesma. É verdade.

No fim da estrada, Lara finalmente diminui o ritmo.

— Aqui está melhor — diz ela, respirando fundo. — Não há nenhuma privacidade naquele lugar.

— A Sra. Weathershire é sua tia?

— Minha tia-avó por parte de mãe. A família do meu pai é de Nova Déli. A da minha mãe é da Escócia. Por isso... — Ela não termina o pensamento, apenas gesticula na direção do Fim do Caminho. — E eu nasci e cresci em Londres... mas, se ficar mais tempo aqui, vou acabar perdendo as consoantes.

Sorrio, embora não tenha certeza do que isso quer dizer. O sotaque dela é preciso e seco, e o sotaque escocês que ouvi tem mais cadência, embora ambos sejam estranhos e agradáveis.

Paramos em um quiosque na rua e compramos chocolate quente — bem, eu compro chocolate quente, Lara prefere um chá.

Ela mistura leite ao copo de papel com movimentos lentos e precisos. Aposto que Lara é o tipo de menina com uma letra cursiva perfeita. O tipo que nunca tropeça nem bate os joelhos, ou acorda com um ninho no cabelo.

— Por quanto tempo vai ficar com a sua tia? — pergunto.

Lara dá de ombros.

— Os meus pais não me deram uma data de volta, na verdade. Eles foram para uma escavação na Tanzânia. Alguma coisa a ver com cerâmica.

— E eles não levaram você?

Um sorriso pequeno e amargo.

— Um sítio arqueológico aparentemente não é lugar para uma menina em desenvolvimento.

Um tour fantasma também não, penso, subitamente grata pelos meus pais não terem decidido *me* deixar para trás.

— Normalmente eles reaparecem antes de as aulas começarem.

— Sinto muito.

— Por quê? — pergunta ela, secamente.

— Só quis dizer...

Lara dá meia-volta tão rápido que quase bato nela.

— Não concordei em me encontrar com você para discutir a minha vida familiar. Vamos nos concentrar nos *negócios*.

Ao longo da caminhada, o castelo paira acima no seu penhasco rochoso. Lara me leva por um portão de ferro e para uma espécie de parque ao redor da base do penhasco. Estamos cercadas por árvores antigas e algumas pessoas passeando com cães.

Ela se senta empertigada em um banco na sombra do penhasco, e eu me sento de pernas cruzadas, tentando conter a inquietação. Lara me encara com aqueles olhos castanho-escuros, um daqueles olhares longos e intensos que fazem com que seja difícil ficar parada.

Estou tão acostumada com os comentários constantes de Jacob, como um narrador na minha vida, que sem ele o mundo parece silencioso. Ele não está sempre perto, mas essa é a primeira vez que parece estar deliberadamente *sumido*.

Como se Lara também pudesse ler os meus pensamentos, ela diz:

— Nada de acompanhante hoje?

— O nome dele é Jacob — respondo.

Ela dá de ombros com desdém.

— Fantasmas não pertencem ao intermédio — explica ela — e certamente não pertencem ao lado de *cá*.

— Ele salvou a minha vida.

— E, por causa disso, você deixa que ele pegue uma carona para a terra dos vivos? Nada inteligente, Cassidy. Nem um pouco mesmo. — Lara olha em volta. — E onde ele está agora?

— De mau humor — retruco. — Ele está chateado comigo por simplesmente estar aqui. Por falar com você depois do que você fez.

Lara parece surpresa.

— O que *eu* fiz?

— Com o homem no beco.

— Ah — diz ela. — O *fantasma*. — Ela estala os dedos com desdém. — Faz parte do trabalho. Então há quanto tempo você é intermediária?

— Sou o quê?

— *Intermediária* — repete ela, pausadamente, para o caso de eu não ter ouvido. — Uma cruzadora de sombras. — Quando ainda a encaro sem entender, Lara revira os olhos. — Você sabe, o que *nós* somos.

— Ah. Não sabia que tinha um nome para isso.

— Tem nome para tudo.

— Como Véu e intermédio — observo.

Ela assente relutante.

— Certo, sim. Bem, intermédio foi a palavra que *eu* aprendi, e isso faz com que alguém como eu, como você, seja uma intermediária.

— Mas quem ensinou isso para você? — pergunto. — O que você é? O que *fazer*?

Pela primeira vez, é Lara quem se contorce para responder.

— Eu... bem... é que ninguém me *ensinou*. O tio Reggie tem, ou *tinha*, uma biblioteca extensa. Foi preciso muito tempo e pesquisa, muita tentativa e erro...

Acho que ela está mentindo. Ou, pelo menos, não está dizendo toda a verdade. Mas antes que eu possa chamar a atenção dela, Lara desvia o assunto:

— Não respondeu *minha* pergunta. Quanto tempo faz que você *morreu?*

Eu me encolho com a palavra, a forma direta como ela a usa, mas não preciso fazer contas. Sei exatamente quanto tempo faz. Não pareço conseguir esquecer.

— Pouco mais de um ano — digo, porque isso é menos estranho que dizer *trezentos e setenta e três dias.*

Lara olha para mim espantada.

— Um ano?! — repete ela, rispidamente. — E não pegou um único fantasma?

— Não sabia que devia fazer isso — retruco. Eu não tinha um manual de instrução ou uma biblioteca com livros (embora, na realidade, talvez tivesse alguma coisa no escritório dos meus pais, mas nunca pensei em olhar). — Para ser sincera, ainda não sei se devo.

Ela aperta o ponto entre os olhos.

— Escuta — diz Lara —, você se sente atraída ao Véu, não é?

Assinto.

— Mesmo que isso assuste você...

Sim, penso.

— E uma parte sua quer esquecer que ele está ali, mas você não consegue...

Sim.

— Você se sente compelida a puxar a cortina, atravessar a linha divisória e encontrar o outro lado...

— Sim — confesso, em um sussurro quase inaudível.

Lara fica ereta, assentindo triunfante.

— O que você sente, Cassidy Blake, é um *propósito.*

Se Jacob estivesse aqui, provavelmente faria uma piada sobre heróis e missões e monstros esperando para serem aniquilados. Mas ele não está presente, e os únicos monstros sobre os quais Lara está falando são fantasmas. Como o meu amigo.

Ela continua:

— Somos atraídas ao Véu porque ele precisa de nós. Porque você e eu podemos fazer uma coisa que outras pessoas não conseguem. Podemos libertar os espíritos presos aqui. Podemos mandá-los adiante.

— *Temos* que fazer isso? — pergunto em voz baixa.

Lara contrai os lábios.

— Esse puxão que você sente, isso não vai embora. Só vai ficar mais e mais forte até você começar a cumprir a sua parte do acordo.

— Mas nunca fiz um acordo! — falo, exasperada. Não escolhi passar pela ponte naquele dia. Não escolhi cair no rio. Não escolhi me afogar... Tudo que eu queria era voltar à superfície. Tudo que eu queria era ar e luz e uma segunda chance.

Um novo sentimento passa pelo rosto dela: pena.

— Fez, sim — afirma Lara, baixo. — Talvez não tenha dito palavras especiais, mas está sentada aqui, viva, quando deveria estar morta. Algo foi dado para você, e é preciso retribuir. Você e eu, nós podemos atravessar o Véu, *devemos* atravessar, porque temos um trabalho para fazer do outro lado. E está na hora de você começar.

CAPÍTULO DEZESSETE

Propósito.

É estranho, mas sei que ela está certa.

Posso sentir no meu corpo. A resposta para as perguntas que tenho pensado no último ano, aquelas que têm soado cada vez mais alto desde o acidente.

Por que me sinto atraída pelo Véu?

Como sou capaz de cruzá-lo?

O que eu deveria fazer do outro lado?

A mão de Lara escorrega para o pingente de espelho no pescoço dela.

— Como isso funciona? — pergunto, lembrando a maneira como ela o balançou diante do fantasma, o feitiço que saiu dos lábios dela.

Lara retira o colar do pescoço e o coloca no banco entre nós duas, com o lado do reflexo para cima.

— Fantasmas não podem olhar para espelhos — explica ela. — Eles ficam presos.

Penso em Jacob no quarto do Fim do Caminho, preso no próprio reflexo, a versão terrível que apareceu no espelho. E me lembro da única resposta que ele me deu:

— *Acho que... fiquei meio perdido...*

Quebro a cabeça: será que eu já tinha visto Jacob se vendo no espelho antes? Eu não tinha espelho no meu quarto em casa, e ele nunca foi ao banheiro — nunca precisou ir. Sempre que passava em frente ao pequeno espelho do corredor, ele continuava andando. Nunca pensei muito sobre isso.

— O que você quer dizer com *preso*? — pergunto.

— Espelhos são sinceros — explica Lara. — Eles mostram aquilo que você é. Para um fantasma, um espelho o força a encarar a verdade.

— E qual é a verdade?

Lara olha para mim, com os olhos como pedras. Pesados.

— A verdade — responde ela — é que eles estão mortos. Eles se foram. — Lara recosta no banco. — Nesse sentido, somos como espelhos também. *Nós* mostramos para eles. *Nós* dizemos a eles. E uma vez que fazemos com que aceitem a verdade, só precisamos pegar o fio no interior e puxar. E *sempre* ande com algo que reflita — acrescenta ela. — Como proteção.

— Proteção? — indago. — Contra o quê?

— Nem todos os fantasmas são amigáveis — declara ela, sem rodeios. — Toda vez que você atravessa o Véu, está com um pé no nosso mundo e com um pé no deles. E pode se considerar uma visitante, uma espectadora, mas a verdade é que, se um fantasma for forte o bastante, ele pode machucar você. E isso vai acontecer, porque nós temos uma coisa que eles *querem*.

— O quê?

Lara bate no peito dela.

— Uma *vida*.

Penso na corda escura e sem vida que ela puxou do peito do fantasma. E a luz estranha que preenche o meu próprio peito quando estou no Véu. A mesma luz que vi em Lara.

Ela desvia o olhar de mim.

— Ah, olha — diz ela, secamente. — O seu amigo está aqui.

Eu me viro e, como ela disse, lá está Jacob com a cara amarrada atrás de uma árvore próxima. Alívio percorre o meu corpo, e eu queria poder jogar os braços nele, mas, no instante em que me vê olhando, ele volta a se esconder. Apenas uma ponta do tênis e um pedaço de cabelo loiro bagunçado aparecem atrás do tronco.

Lara olha para o copo dela.

— O meu chá está frio. — Ela fica de pé, pegando o pingente do banco. — Já volto.

Eu observo enquanto ela anda até o quiosque no limite da mata verde. Lara entra na fila e mexe no celular enquanto espera para pedir.

De soslaio, percebo um movimento. Dessa vez, Jacob se afunda no banco ao meu lado. Por uns instantes, nenhum de nós fala. Sinto como se eu devesse pedir desculpas a ele, mas penso que ele também deveria pedir a mim, então fico aliviada quando abro a boca para dizer *desculpa* e Jacob me corta:

— Eu não devia ter desaparecido.

— Regra de amizade #16 — lembro. — Não vá para um lugar que eu não possa ir também.

— Achava que a regra #16 era nunca estrague o final de um filme.

— De jeito nenhum — afirmo, confiante —, essa é a regra #24.

Ele solta uma risada, e é ótimo vê-lo sorrir de novo, mas o espaço entre nós ainda está sensível, como uma ferida.

Jacob respira fundo.

— Não contei nada para você — explica ele, devagar — porque fiquei com medo de que, se soubesse por que fantasmas estão presos no Véu, se soubesse que pode mandá-los embora, você *me* mandaria...

— Mas você não está preso no Véu.

Jacob olha para baixo.

— Eu *estava*.

— Bem, não está mais. Está aqui, comigo. Você *quer* ir embora?

Ele levanta a cabeça rapidamente.

— Não. É claro que não.

— Então por que eu mandaria você embora? Você é o meu melhor amigo. E acho que existe uma razão para estarmos interligados.

Jacob se anima.

— Acha?

Confirmo com a cabeça, enfaticamente.

— Você não é um fantasma comum. Acho que está aqui para me ajudar. Acho que a gente tem que ser um time.

Ele se alegra um pouco.

— Como em *Skull e Bone*?

— Sim — digo. — Como em *Skull e Bone*.

Jacob abre um sorriso.

— Qual de nós dois é o cachorro nesse cenário?

Lara retorna com um novo copo de chá.

— Certo — diz ela. — Onde estávamos...?

Jacob se inclina para a frente e comenta:

— Ainda não gosto dela.

Lara olha na direção dele.

— Também não gosto de você, fantasma.

Ele quase cai do banco.

— Ela pode me ouvir?

— Sim, posso ouvir você e posso ver também — responde Lara —, e eu não deveria ser capaz de fazer nenhuma dessas coisas porque *você* não deveria estar aqui.

Pigarreio, pronta para mudar de assunto, quando sinto aquilo.

O *tap-tap-tap* de um fantasma próximo.

Lara sente o mesmo; percebo pelo modo como ela fica tensa, com a cabeça inclinada como se procurasse um barulho.

— O que me diz? — pergunta ela, virando-se para ir. — Pronta para ver o que consegue fazer?

CAPÍTULO DEZOITO

Lara não procura o Véu, não agarra o ar. Ela simplesmente levanta uma das mãos e faz um corte para o lado — um único movimento decisivo —, e o Véu se abre ao redor dela.

Ao redor de todos nós.

Dou um passo à frente, sinto aquela sensação familiar de frio, e então atravessamos. Ainda estamos no parque na base do castelo — uma versão mais sem vida dele —, mas em um mundo que se tornou cinza e fantasmagórico.

Eu meio que imaginei que Jacob fosse ficar para trás, mas ele decidiu vir, embora esteja de braços cruzados ao meu lado enquanto solta um suspiro trêmulo.

— *Skull e Bone* — murmura ele, e não sei se Jacob está falando comigo ou sozinho.

Lara tira uma sujeira invisível da manga dela, com aquela luz brilhando no peito.

Perto de nós, um homem com roupas de inverno chama o nome de alguém. A voz sai alta e fina, como se o vento a estivesse roubando.

Está começando a nevar, mas não em todos os lugares, somente ao redor dele. Quando o homem dá meia-volta e se arrasta para fora do parque, o Véu parece recuar com ele como uma onda, levando o inverno também.

— Como... — começo.

— O intermédio não é exatamente um *único* lugar — explica Lara. — É diferente para cada fantasma. Um tipo de... cápsula do tempo. Fantasmas se justapõem às vezes, sangram juntos, mas, no fim das contas, cada um está no seu próprio intermédio, revivendo o seu próprio momento.

Nós seguimos o homem para fora do parque, descendo a rua. Ele passa por pequenos montes de neve até a porta da sua casa, onde encosta com o ombro para abrir e entra. Lara acelera o passo e nós o alcançamos antes de a porta se fechar.

Lara, Jacob e eu deixamos a neve que cai para trás ao entrarmos na casa. Jacob se coloca na minha frente como um escudo. No entanto, o homem não vira na nossa direção. Ele permanece diante de uma lareira, mexendo na madeira com uma longa haste de ferro conforme o fogo já está quase apagado. O fantasma é alto e magro, de cabelo grisalho desgrenhado e olhos profundos. *Podia* ser assustador. Mas não é. Há apenas uma tristeza imensa, que sai dele como ondas de vapor.

— Você o viu? — pergunta o homem em um tom baixo e rouco.

Dou um passo adiante.

— Quem? — pergunto, com delicadeza.

Lara já está erguendo seu pingente, mas pego o pulso dela e faço que não com a cabeça.

— Espera — sussurro.

— Por quê? — sussurra ela de volta. — Não é necessário ouvir a história dele.

Talvez não seja, porém parece importante.

Os olhos tristes do homem escorregam na minha direção, vendo a câmera no meu pescoço.

— O que você tem aí, moça?

Eu a levanto para ele.

— É para tirar fotos.

Uma sombra passa pelo rosto do homem e começo a pensar que ele não sabe o que é uma foto. Talvez tenha vivido antes das câmeras existirem. Mas então ele retira um pedaço de papel pequeno e desgastado da camisa, virando-o para eu ver.

Há um menino olhando em uma fotografia quadrada antiga e já amarelada.

— O meu filho, Matthew — explica ele. — Tirou isso na feira de inverno. Logo antes de desaparecer.

Sinto um embrulho no estômago. Uma criança roubada no inverno.

Os olhos do homem vão para a janela.

— A minha esposa, ela foi para o sul ver os parentes dela. Mas eu não podia deixar o meu menino. Disse para a mãe dele que esperaria. Vou esperar quanto tempo for preciso. — Ele se afunda na cadeira diante da lareira quase apagada e fecha os olhos. — Vou esperar até que ele volte para casa.

O vento assobia do lado de fora da janela.

A respiração do fantasma condensa no ar, e tremo quando o frio me alcança.

Vou esperar quanto tempo for preciso.

Lembro o que Lara disse sobre fantasmas. Que eles só ficam no Véu porque estão presos. O meu peito se aperta pelo homem encurralado ali, nesse mundo, nessa casa, nesse dia interminável de espera, porque sei que ele jamais vai deixar de olhar para a janela. E sei que o filho dele jamais voltará.

— Cassidy — diz Lara, aproximando-se. Percebo que está na hora. — Tem um espelho? — pergunta ela, oferecendo o próprio.

Indico a câmera nas minhas mãos.

— Tenho isso — digo, tirando a tampa e mostrando a lente da frente, a forma como brilha quando a inclino, refletindo pedaços do cômodo.

— Funciona?

Ela parece cética.

— Acho que vamos descobrir.

Olho para Jacob, próximo à porta, com o rosto indecifrável.

Você não é como ele, penso. *Não pertence a esse lugar. O seu lugar é comigo.*

Jacob morde o lábio, mas assente, e volto a minha atenção novamente para o fantasma na cadeira. Gelo cobre a barba dele, e a pele está ficando branca com o frio.

— Se você vir o meu menino... — murmura ele, com o hálito formando uma nuvem.

— Vou mandar o seu filho para casa — prometo, erguendo a câmera. — Posso tirar uma foto sua para mostrar para ele?

O homem abre os olhos com dificuldade, encontra o próprio reflexo na lente, então fica imóvel. É como se alguém o tivesse trocado por uma estátua em vez de uma pessoa. Ele congela, e toda a dor e a tristeza se esvaem do rosto.

Ouço Jacob respirar fundo, porém mantenho a concentração.

— Se lembra das palavras? — pergunta Lara.

Acho que sim.

— Observe e escute — digo.

Gelo sobe pelos vidros das janelas.

— Veja e saiba.

Pingos de gelo descem pelo rosto do homem.

— Isso é o que você é — sussurro.

Os contornos dele se suavizam, e todo o seu corpo ondula. Então eu respiro fundo, reúno coragem e alcanço dentro do peito dele. Puxo um fio frágil, quebradiço e cinza. Segurando a vida do homem — a morte — na minha mão, entendo o que Lara quis dizer quando falou em *propósito*. Entendo o que me atraiu repetidas vezes para o Véu. O que eu procurava sem procurar. O que eu precisava.

Era isso.

A fita se desfaz na palma da minha mão, e o homem também se desfaz — virando cinza e nada mais depois.

Jacob, Lara e eu ficamos juntos e em silêncio no cômodo estreito. Jacob é o primeiro a se mover. Ele anda para a frente e se agacha no pé da cadeira, passando os dedos pelo restante do pó.

De repente, o cômodo ao nosso redor começa a perder nitidez, como uma foto desgastada pelo tempo, cujos detalhes são apagados. Claro. O fantasma se foi. Faz sentido que o Véu dele esteja desaparecendo também.

Sinto a mão de Lara no meu ombro.

— É melhor a gente ir.

Após retornarmos em segurança para o lado dos vivos, nós três andamos de volta para o Fim do Caminho.

Jacob e Lara estão alguns passos à frente, e ele está a enchendo de perguntas. Os dois parecem estar se abrindo mais um para o outro. Ou pelo menos chegando a algum tipo de trégua.

Eu fico mais para trás. A minha mão ainda formiga de forma estranha por causa do fio de vida do homem. A morte dele. Fazer a passagem foi triste, mas houve um certo alívio também, como respirar depois de segurar o ar por muito tempo. Libertando-o.

E, depois disso, o *tap-tap-tap* sumiu.

Não apenas ficou mais suave, mas sumiu, deixando um silêncio, uma tranquilidade para trás.

Aquilo pareceu... *certo*.

Acelero o passo para alcançar Jacob e Lara.

— Qual o fantasma mais assustador que você já enfrentou? — Jacob está perguntando.

Lara bate o dedo nos lábios.

— Não saberia dizer. Está entre William Burke...

— O... o ladrão de cadáver que virou serial killer? — gagueja Jacob.

— Esse mesmo — responde ela. — Está entre ele e a menininha de anágua que encontrei em uma das câmaras da peste.

Jacob dá uma bufada.

— Um empate entre um assassino em massa e uma criança?

Lara dá de ombros.

— Tenho pavor de crianças.

Crianças. Isso me faz lembrar de uma coisa.

— Lara — digo, acelerando o passo ainda mais. — Por acaso já viu uma mulher de capa vermelha?

O humor se esvai do rosto dela, e Lara contrai a boca.

— Está falando da Rapina Rubra?

Confirmo com a cabeça.

— Já viu essa mulher?

— Uma vez — diz ela, com firmeza. — No inverno passado. Eu estava aqui para as festas de fim de ano, caçando no intermédio, quando ouvi o canto dela. E, quando me toquei, estava andando enfeitiçada até sua mão estendida. — Lara balança a cabeça. — Foi por pouco.

— Mas você escapou.

— Tive *sorte*. A tia Alice estava por perto, ela chamou por mim e escutei sua voz, o que quebrou o feitiço. Tive um momento de bom senso em que consegui me libertar e sair do intermédio. E venho tomando muito, muito cuidado desde então. — Os olhos escuros dela se estreitam. — Por quê? *Você* viu essa mulher, Cassidy?

Faço que sim, e Lara faz um movimento brusco com as mãos, me fazendo parar de repente.

— Tem que ficar longe dela, entendeu? — Há uma urgência em sua voz que soa errado, não combina com a Lara. — Lembra o que eu falei sobre a nossa vida? — A mão dela vai até o próprio peito, para o lugar onde a luz brilhava no Véu. — Sobre os fantasmas que as querem? A Rapina é um deles. Ela se alimenta dos tecidos das crianças roubadas. Mas são fios pequenos e estreitos. Ela precisa de muitos só para ser o que é. Então, se ela conseguisse uma vida como a sua, ou a minha... algo iluminado... seria *desastroso*.

Estremeço com o pensamento.

Lara olha para Jacob.

— Faça o seu trabalho, fantasma. Mantenha Cassidy em segurança.

Jacob bufa.

— É mais fácil falar do que fazer.

Subimos o morro que nos leva de volta ao Fim do Caminho.

— Não faz sentido — comenta Lara, em parte para si mesma. — Não é a época certa do ano.

— Eu sei. — Isso tem me incomodado também. O que foi que Findley disse? *Ela vem com o inverno*. Penso no rio, na minha queda na água congelada. A forma como o frio me toma toda vez que atravesso o Véu. O contorno azulado da luz no meu peito.

— Talvez tenha alguma coisa a ver com a forma como eu... — Ainda é difícil dizer em voz alta, mesmo agora, mesmo com alguém como a Lara. Mudo o rumo do que ia falar e pergunto: — Qual é a sua sensação quando você atravessa o Véu?

Lara reflete.

— Como uma névoa. Uma febre. Fiquei doente, realmente doente. Entre a vida e a morte por um tempo — acrescenta ela, de modo rápido. — E eu não conseguia ficar acordada. A sensação é essa. Meio de sonho, mas não de uma forma boa.

Eu assinto.

— Para mim, a sensação é de cair em um rio congelado. É um frio intenso. Se a Rapina se sente atraída pelo frio, então talvez se sinta atraída por mim.

— Talvez — diz Lara. — Bem, é *mais* um motivo para ficar longe dela. Se você a vir, tape os ouvidos, saia do Véu e, por favor — completa ela, indicando a minha câmera —, arrume um espelho decente.

Estamos quase de volta no Fim do Caminho quando reconheço o homem caminhando na nossa direção, com a coroa de cabelos ruivos brilhando ao sol. Eu paro de repente.

— Ih — diz Jacob.

— O que temos aqui? — indaga Findley ao olhar para Lara. — Srta. Chowdhury. Jamais achei que *você* fosse uma transgressora.

Lara se empertiga.

— Não transgredi regra nenhuma — diz ela, novamente o retrato da seriedade. O vento bagunçou completamente os meus cachos castanhos. Como a trança preta dela ainda está perfeita?

— O que você está fazendo aqui? — sibilo para Findley.

— Olha que coisa engraçada — comenta ele. — Os seus pais me mandaram vir aqui para ver como *você* estava. Mas você não estava lá.

Olho para Lara.

— Meio que prometi aos meus pais que ficaria no quarto — explico para ela, então volto a encarar Findley. — Só estávamos pegando um pouco de ar fresco.

— É mesmo? — diz ele, com uma cintilação fraca nos olhos. Conheço esse brilho em seu olhar. Já o vi no rosto da minha mãe mil vezes.

— Não vou ficar encrencada, vou?

— Ah — responde ele, amigavelmente —, um passeiozinho nunca fez mal a ninguém.

Tenho quase certeza de que isso não é verdade, especialmente quando diz respeito a pessoas jovens em cidades estrangeiras cheias de fantasmas que roubam criancinhas, mas fico grata pelo gesto.

— Vamos fazer o seguinte. — Ele ergue um dedo carnudo. — Não conto nada aos seus pais com uma condição.

— Qual?

— Bem — diz Findley —, eles me mandaram ver se você estava se sentindo corajosa o bastante para se juntar à equipe no castelo.

— Eu não estava com medo — disparo.

— Não é vergonha alguma sentir medo — rebate ele. — Mas existe uma diferença entre ter medo e se *afastar* por medo. Venha comigo, aí vou parecer um campeão por fazer você mudar de ideia. Pode vir também, Srta. Chowdhury.

Olho para Lara, que dá de ombros.

— Fica para a próxima — diz ela. — O castelo *é* um lugar fascinante — acrescenta Lara com um olhar ponderado que vai de mim para Jacob e de volta para mim. — Apenas lembre-se do que falei.

— Ou — sugere Jacob — podemos só voltar para o lugar agradável e quente com revistas em quadrinho e biscoitos com chá.

— Veja bem — diz Findley ao me ver hesitante. — Não se pode vir para Edimburgo *sem* ver o castelo.

— A gente pode ver daqui — comenta Jacob, apontando para a construção no penhasco.

— Não está nem um pouquinho curiosa? — insiste Findley.

É claro que estou. Nunca estive dentro de um castelo. Além disso, a minha cabeça não para de pensar na conversa com Lara sobre propósito, e as minhas mãos ainda estão quentes por ter mandado adiante o homem da casa.

— Então? — questiona Findley. — O que diz?

Olho para o Jacob.

Quero ver o castelo, mas não quero ir sem ele, e não apenas porque posso ficar presa no Véu. Foi estranho ficar sem ele de manhã. Senti como se alguém tivesse arrancado a minha sombra.

Mas Jacob não é apenas a minha sombra.

Ele é o meu parceiro de aventuras.

Ele é o Robin do meu Batman (ou *Batman do meu Robin*, emendo quando ele me olha chocado). E ele deveria ter direito de escolha.

Você que sabe, penso. *Se não quiser ir, não vamos.*

Acho que Jacob só queria ter o direito de escolha, porque ele revira os olhos e lança um sorriso para mim.

— Bem — diz ele —, já li todas as revistas e não posso comer os biscoitos.

Sorrio e me viro para Findley.

— Tudo bem. Vamos para o castelo.

CAPÍTULO DEZENOVE

O castelo de Edimburgo fica no alto de um monte rochoso, pairando acima de *tudo*. A construção nos encara enquanto começamos a subida pelos largos degraus de pedra, uma sombra escura e cinza contra um céu cinza pálido.

Conforme seguimos, Findley tagarela sobre os vários fantasmas famosos do castelo. Os olhos dele se iluminam mais com cada história. Tem o fantasma gaiteiro que desapareceu nos túneis, e os soldados perdidos durante um cerco, e um percussionista sem cabeça, e os prisioneiros deixados nas câmaras subterrâneas, e uma mulher que foi acusada de bruxaria e queimada na fogueira. O Véu está ficando mais pesado a cada história e a cada degrau que subo. É o peso do passado histórico, o peso das memórias. Das coisas que já não estão mais *aqui*, mas que não *partiram* também.

Findley nos guia por um fosso vazio e pelo portão da frente para entrarmos no terreno do castelo.

A palavra *castelo* sempre me fez pensar em uma casa gigante.

Mas está mais para uma cidade em miniatura.

Ainda estamos na parte exterior, cercados por muros de pedra altos e vários prédios baixos interligados, alguns com torres e outros lisos – tudo parece ter saído de uma fantasia medieval.

— *Irado* — sussurra Jacob.

Consigo ver a cortina do Véu se agitando no limite da minha visão. Se eu atravessasse aqui, o que encontraria? O meu peito se enche de curiosidade. Mas agora sei que não é só curiosidade. É o propósito chamando. Com o coração acelerado, fecho os dedos ao redor da câmera.

Não percebo que parei de andar até Findley olhar para trás.

— Por aqui! — grita ele, nos guiando através do que ele chama de *portcullis*, um portão que é como a parte de cima de uma boca, cheio de dentes de aço afiados.

Nós subimos mais e mais, até chegarmos em um pátio no topo, circundado de canhões e cheio de turistas. Visivelmente, fechar um lugar tão popular como esse seria impossível para os produtores do programa dos meus pais.

— Não estou vendo eles — comenta Jacob, mas Findley já está cortando caminho até o limite das muralhas. Não entendo o que ele está procurando até me aproximar o bastante e ver a vista além da muralha de pedra.

Vista não faz justiça ao que vejo. A altura é enorme, com os prédios do castelo atrás de nós, assim como a descida íngreme do penhasco, mas abaixo a cidade inteira de Edimburgo se desenrola como um carpete.

— Uau — exclama Jacob.

— Uau — ecoo.

— Viu? — comenta Findley, radiante. — Eu disse que valia a pena vir.

Ele está certo.

O lugar é de *tirar o fôlego*. Pela primeira vez, não consigo me animar para tirar uma foto, porque sei que ela nunca conseguirá capturar de verdade o que estou vendo. Então me apoio nas muralhas e simplesmente absorvo tudo. O Véu treme, agitando-se, e fecho os olhos enquanto imagino ouvir a pisada distante das botas dos soldados, o estrondo dos canhões, a música lúgubre da gaita de foles e...

Um canto.

Estremeço.

Está ouvindo isso?, pergunto a Jacob silenciosamente. No entanto, ele parece distraído ao responder.

— Provavelmente é o vento.

Mas não é o vento. Bem lá no alto, o vento sibila ao redor, só que tem mais do que apenas o vento no som que ouvi.

Aquela voz.

Sei pela forma como a música reverbera nos meus ossos. Tento me lembrar das palavras de Lara, dos avisos, mas os meus pensamentos ficam se desfazendo, e preciso fazer um esforço para impedir que me escapem.

— Cass? — Jacob passa uma das mãos translúcidas diante do meu rosto.

Eu pisco, e o canto desaparece, substituído apenas pela brisa forte e aguda. Talvez Jacob tenha razão. Talvez tenha sido só um truque do vento.

Eu me afasto da muralha bem no momento em que algo faz *BUM*.

Dou um pulo, cambaleando para trás, mas está claro que não sou a única que ouviu *isso*. Uma nuvem de fumaça sobe nas proximidades, e o ar se agita com o barulho. Findley apenas sorri.

— É o canhão de uma da tarde — conta ele, como se fosse perfeitamente normal disparar artilharia pesada no meio do dia. — Vamos. É melhor a gente ir encontrar os seus pais — acrescenta Findley.

Pego o cronograma de filmagem do bolso, mas o papel diz apenas "*CASTELO*", o que é incrivelmente inútil, considerando que o castelo ocupa toda a montanha.

— Sabe onde eles foram? — pergunto para Findley.

— Não — admite ele. — Mas não deve ser tão difícil de achar a equipe. Imagino que estejam nos quartéis ou nas celas da prisão.

Óbvio. Faz sentido. Os meus pais não estão aqui pelas joias da coroa, nem pela Capela de Santa Margarida — ou nenhuma dessas atrações anunciadas nas placas. Eles vieram se embrenhar na parte mais sombria do castelo.

Cortamos caminho pela ala mais próxima, que, segundo um cartaz na parede, é o Grande Salão. Imediatamente penso no salão principal do Harry Potter.

— Pigworts! — anuncia Jacob, com triunfo. — Vassourabol! Luba-Luba!

Jacob nunca leu os livros, e ele sabe que me deixa furiosa, mas ele também sabe que não tenho tempo de sentar e folhear dez mil páginas para um fantasma, então acabei cedendo e mostrando os filmes.

— É como aquela cena do Tumbledore e o Chapéu Mágico! — exclama ele, alegremente.

Claramente Jacob não estava prestando muita atenção na história.

Nós passamos do Grande Salão para um pátio menor, onde os banheiros públicos e o pequeno café turístico quebram a magia de antes.

— Meio que mata o clima, né? — comenta Jacob.

Findley para e pega um copo descartável de chá preto forte. Olho ao redor, tentando entender por que o castelo tem uma energia tão diferente do Beco de Mary King. Talvez seja a quantidade de turistas, ou o fato de ser a céu aberto... De acordo com Findley, o lugar é completamente mal-assombrado. E posso sentir o Véu, mas não parece ameaçador. Há um *tap-tap-tap* baixo e constante de fantasmas, mas é como um chuvisco, não uma tempestade.

Sou eu ou esse lugar é bem menos assustador do que o Beco de Mary King?

— Shhh! — sussurra Jacob. — Não fala isso!

Por que não?

— Vai dar azar.

Reviro os olhos.

Em seguida, saímos do pátio e começamos a descer para os calabouços, e toda a sensação agradável e não assombrada desaparece, sendo sugada como o ar aquecido é levado por uma janela aberta.

Eu estremeço com o ar frio que chega de repente. O pé-direito é baixo, as paredes são interrompidas por barras de ferro, há mensagens entalhadas nos fundos das celas como unhas cravadas na madeira. Todos os cabelos no meu braço se arrepiam em aviso.

Jacob faz uma cara feia para mim.

— Isso é culpa sua.

— Não dei azar — sussurro em voz alta. — O castelo já era assombrado.

— Talvez. — Ele olha irritado. — Mas você definitivamente fez com que ficasse *mais* assombrado.

Quero dizer a ele que não é assim que funciona, mas o Véu já está me envolvendo, tentando me puxar para baixo com ele. O *tap-tap-tap* se torna um martelar. Dou uns passos para trás, voltando para a segurança do pátio, mas então escuto a voz do meu pai, aquele tom que é usado quando ele está dando aula.

— Nós viemos de uma cidade subterrânea para um forte gigantesco. O Castelo de Edimburgo está assentado em uma pedra irregular, fazendo guarda por quase 1.400 anos...

— Com tanta história — completa minha mãe —, não é de se admirar que o castelo abrigue tantos fantasmas...

É claro que a voz deles não está vindo do pátio arejado e livre de fantasmas que fica atrás de nós, e sim dos fundos do corredor, bem no interior dos calabouços.

Como se percebesse que estou prestes a fugir, Findley põe uma de suas imensas mãos nas minhas costas e me impulsiona para a frente, em direção à escuridão. Encontramos os meus pais em uma cela, a luz da equipe de filmagem lançando sombras irregulares pelas barras.

— Prisioneiros de guerra eram mantidos nessas celas — diz minha mãe — e, se você olhar com atenção, é possível ver as mensagens de desespero cravadas ali. Obviamente, essas não são as únicas coisas que eles deixaram para trás.

Escuto uma batida abafada, como um punho contra as barras de ferro.
Ninguém mais parece notar.
Agarro a minha câmera.
— E corta! — grita alguém da equipe.
Ao ver Findley e eu, o rosto da minha mãe se abre em um sorriso.
— Cassidy!
— Aí está a nossa menina — comenta meu pai. — Bom trabalho, Findley, conseguiu convencer a Cassidy a vir.
— Não foi difícil — diz ele, lançando um olhar de conspiração para mim. — Acho que ela estava ficando inquieta.
— Você perdeu as câmaras da South Bridge — conta minha mãe, passando o braço pelos meus ombros. Tento esconder meu alívio e parecer decepcionada.

E fico ainda mais aliviada ainda quando eles encerram a filmagem e nós saímos das masmorras, retornando ao pátio aberto. A equipe segue para a próxima locação, os quartéis do castelo. Os meus passos, no entanto, ficam mais lentos. Não por eu estar assustada, mas porque há uma música soando novamente, aguda e melodiosa e assombrosa.

— Alguém está tocando uma gaita de foles — explica Jacob. E ele tem razão. É só um homem de *kilt* de pé nas muralhas acima, com o instrumento gemendo baixinho na mão dele.

O tocador de gaita de foles parece inofensivo, então por que tenho uma sensação tão esquisita? Talvez eu esteja apenas querendo arrumar problema, como diria a minha mãe. Procurando monstros no armário.

Figuras no escuro. Provavelmente ainda estou impressionada pelo o que aconteceu com o homem na casa. Abalada pela coisa toda de mandar os fantasmas adiante.

Foi bem intenso.

O meu pai olha para trás da porta onde ele está.

— Cass? Você vem?

— Sim, já vou — digo, indicando a placa do banheiro. Jacob espera do lado de fora enquanto eu entro. Tampo a lente da câmera novamente e a apoio no balcão, e jogo um pouco de água no rosto. Me acalmo e solto um suspiro. Em seguida, pego a máquina fotográfica e saio.

Contudo, Jacob não está mais ali.

Jacob?, chamo dentro da minha cabeça e depois em voz alta.

— Jacob?

Nenhuma resposta.

É como se ele tivesse simplesmente *desaparecido*. Só que ele não faria isso de novo, não depois do que aconteceu de manhã.

— Jacob? — repito mais alto.

Então há uma pausa na canção da gaita.

E a voz do meu amigo chega aos meus ouvidos, mas é baixa, fraca.

— *Cassidy...*

Dou meia-volta, vasculhando o pátio. *Cadê você?*

Por que não posso vê-lo? Por que a voz dele está tão distante?

Nesse momento, me dou conta. O Véu.

Mas por que ele atravessaria sem mim?

Estou indo!, penso, alcançando a cortina cinza.

— *Fique pa...* — começa ele, mas a sua voz é interrompida de repente, e já estou abrindo o tecido, cambaleando para fora de um mundo e para dentro de outro.

Sinto a água fria e a pele adormecida e todo o ar tirado de dentro de mim, então estou do outro lado.

Leva um instante até meus olhos se ajustarem.

Ao mundo acinzentado e à luz no meu peito.

Aos turistas substituídos repentinamente por soldados-fantasmas marchando na praça do castelo.

À visão do rosto aterrorizado de Jacob, que aparece por um instante e logo depois é levado de volta para a cela.

Nesse momento, paro de pensar.

Não penso em fugir, em correr para *qualquer* outra direção que não seja para o meu melhor amigo.

— Jacob! — grito, indo atrás dele.

Mais tarde, vou me arrepender de tantas coisas sobre esse momento. O fato de eu não ter um plano. O fato de eu não ter retirado a tampa da lente da câmera. O fato de eu ter simplesmente corrido.

Mas, naquele momento, só consigo pensar em salvar Jacob.

Mergulho na masmorra escura.

As celas não estão mais vazias.

Homens de uniformes rasgados fazem barulho nas barras, mas não presto atenção a nenhum deles porque Jacob está ali, em uma cela afastada, imobilizado no chão úmido de pedra por meia dúzia de crianças.

Duas delas parecem pertencer a uma pintura antiga e requintada, e uma está vestida com trapos. Outras parecem mais atuais, como os meus colegas de escola. A única coisa que têm em comum é a palidez fria da pele e o fato de estarem todas atacando o meu amigo.

Mãos apertam a boca de Jacob e joelhos prendem os pulsos dele. Um menino coberto de gelo senta em seu peito enquanto as outras crianças brigam para segurá-lo no chão.

— Saiam de cima dele! — ordeno, correndo para a cela.

Jacob consegue se libertar por tempo o suficiente para gritar:

— Corra! — Mas não posso, não vou, não sem ele.

— Larguem o meu amigo — disparo, levantando a câmera. No entanto, a tampa da lente ainda está ali e, antes que eu consiga retirá-la, a mão de alguém me pega pelo pulso e uma voz sussurra no meu ouvido:

— Desculpe, amor — diz a voz. — Eles só têm ouvidos para mim.

A mão aperta mais forte, me fazendo girar. Por um instante, tudo que vejo é o vermelho da capa. Então, os cachos lustrosos e pretos, a pele branca, os lábios carmim que se curvam em um sorriso doce.

— Olá, querida — cantarola a Rapina Rubra. Sei que preciso lutar, mas não consigo, não com os dedos dela na minha pele e os olhos concentrados nos meus e a voz como uma música na minha cabeça.

— Você... — murmuro, embora mal consiga focar nos meus pensamentos.

A outra mão dela sobe até o meu queixo, inclinando o meu rosto em sua direção.

— Tanta luz, tanto calor.

— Cassidy! — grita Jacob, o que faz retomar, mas é tarde demais.

A Rapina Rubra se transforma diante dos meus olhos.

A capa dela voa violentamente, como se puxada por uma rajada de vento, e os dedos endurecem como garras. O sorriso da mulher se quebra e se torna cruel, e ela impulsiona a mão direto para dentro do meu peito.

Um frio congelante me invade, daqueles de gelar os ossos, pior do que o fundo de um rio no inverno. Eu sinto como se dedos congelantes segurassem meu coração.

Não consigo respirar, não consigo falar, não consigo fazer nada a não ser observar impotente conforme a Rapina retira a mão, segurando um fio de luz branca em tom azulado. A minha luz. A minha vida.

Ela o rompe.

E tudo fica escuro.

PARTE QUATRO
A RAPINA RUBRA

CAPÍTULO VINTE

— Cass... Cassidy! Meu Deus, Cassidy, acorda!

Abro os olhos e vejo tudo cinza.

Demoro um segundo para me lembrar onde estou e mais um para perceber que estou deitada de costas. Encaro as pedras escuras e úmidas no teto da masmorra.

Jacob está agachado ao meu lado, enterrando as unhas no meu ombro, e percebo que tem algo errado porque não sinto apenas a força da mão dele — está machucando. A mão dele é sólida no meu braço. De carne e osso.

— O que aconteceu? — pergunto com um murmúrio grogue.

Jacob me ajuda a sentar. Olho para o meu corpo e arquejo. Estou desbotada, desgastada como uma fotografia, como Jacob, como todos os fantasmas no Véu. Mas não é a falta de cor que me assusta. É a falta de luz. O brilho atrás das minhas costelas, aquela constante espiral branca em tom azulado *sumiu*.

De repente todas as lembranças voltam.

A Rapina Rubra.

A mão entrando no meu peito.

O fio brilhante enroscado nos dedos dela.

Outra memória se choca com essa — Lara colocando a mão no próprio peito.

Nós temos uma coisa que eles querem.

Se ela conseguisse uma vida como a sua... seria desastroso.

Tento me levantar, minha cabeça girando.

— Onde ela está?

De todos os lados, há celas lotadas de prisioneiros-fantasma, mas mal consigo registrá-los conforme subo aos tropeços as escadas e saio no pátio do castelo.

A praça está cheia de soldados-fantasma carregando baionetas, homens usando roupas de alfaiataria, mulheres de vestidos com corpetes. Mas não há sinal da Rapina.

Estico as mãos para pegar o Véu, para puxá-lo para o lado e mergulhar de volta no mundo dos vivos. Mas os meus dedos se fecham em nada além de ar.

Não.

De novo, não.

— Cassidy — diz Jacob. Mas preciso me concentrar.

Fecho os olhos e tento imaginar o tecido cinza contra os meus dedos, a cortina passando na minha mão e...

Agarro alguma coisa, algo fino, porém que está ali.

Abro os olhos, e um suspiro trêmulo escapa quando vejo o Véu nas minhas mãos. No entanto, não consigo puxar o tecido.

Não consigo encontrar a abertura na cortina.

Porque não *tem* abertura. O Véu se enrosca nos meus dedos, curvando-se um pouco com a pressão, mas não importa o quanto eu puxo, a cortina não me deixa atravessar. Me jogo contra o tecido cinza e ele se estende, se estica bem, porém não cede.

Não é de admirar que seja tão difícil para um fantasma encostar em qualquer coisa do nosso mundo, deixar qualquer tipo de marca.

Mas eu não sou um fantasma.

Sou uma intermediária. Uma atravessadora de *Véu*.

Isso significa que tenho um pé do outro lado.

Isso significa que posso voltar.

Preciso ser capaz de voltar.

Jacob está dizendo alguma coisa, mas não consigo ouvi-lo, não com o zumbido de pânico no meu ouvido.

E o choque quando *a* vejo.

Ela está na outra extremidade do pátio e do outro lado do Véu. Mas *posso* vê-la, tão transparente quanto um vidro, como se algo cortasse uma janela pelo nevoeiro. A capa vermelha. O cabelo preto. A luz da minha vida enroscada na mão dela.

Do outro lado do Véu, a Rapina olha para trás, na minha direção, e sorri.

Então dá meia-volta e segue pela multidão.

Não posso deixá-la se livrar assim.

Não posso deixá-la *livre*.

Mas ela já se foi, e fico apenas batendo no Véu conforme a cortina se enrijece, virando uma parede contra as minhas mãos.

Finalmente registro a voz de Jacob.

— Desculpe, Cass. Tentei avisar que era uma armadilha. Você não devia ter vindo atrás de mim.

— Eu tinha que vir — digo, mas as palavras saem fracas, mesmo para mim. Olho para as minhas mãos de novo. Não estão tão vívidas quanto deveriam estar. Nem tão cheias de cor. Nem tão reais.

Não. Não. Não. A palavra se repete na minha cabeça. Não sei se é porque estou me recusando a aceitar ou se pelo fato de estar presa no Véu como todos os outros fantasmas, e, exatamente como eles, não consigo encarar a verdade. A verdade é que sem aquela luz, sem aquela vida, eu sou... o oposto de viva, eu estou... eu estou mor...

— Não —Jacob diz subitamente. —Você *não* é o oposto de viva. Só está *temporariamente sem uma vida*. O que são duas coisas muito diferentes. Uma se foi para sempre e a outra está só *fora do lugar*, entende? Então tudo que precisamos fazer é *encontrar* a sua vida e pegá-la de volta.

Normalmente sou eu quem afasta Jacob de pensamentos mórbidos. E mesmo que ele esteja forçando a barra para me fazer acreditar, ainda fico aliviada por ele estar tentando. Isso me dá alguma esperança.

— Cassidy...?

Viro ao ouvir o meu nome. Está vindo de muito longe, distorcido pelo Véu, ecoando e virando algo agudo e fraco. Mas conheço essa voz. Conheço essa voz desde sempre. *Mãe.*

E de repente o meu pânico se transforma em outra coisa.

— Mãe! — grito de volta. A minha voz, no entanto, é o contrário de um eco; sai muda. Ela jamais vai me ouvir.

Pressiono o meu corpo contra o Véu, tentando ver a terra dos vivos através do mundo dos mortos. É como mergulhar o rosto em um balde de água, não há ar e tudo é meio turvo.

— Cassidy...?

É o meu pai quem chama dessa vez. Primeiro, o tom é casual, como se os dois simplesmente não tivessem me visto ainda. Como se eu tivesse saído para passear de novo. Igual fiz antes. Mas a cada vez que eles falam o meu nome o tom fica mais tenso, mais agudo, tomado de preocupação.

— Estou aqui! — grito, e os homens e as mulheres com roupas antigas viram as cabeças ao redor do pátio.

Mesmo assim, do outro lado do Véu, os meus pais continuam chamando o meu nome.

Posso vê-los, porém eles não podem me ver.

Posso ouvi-los, porém eles não podem me ouvir.

E de repente passo a acreditar no que Lara disse sobre os fantasmas. Eles não estarem no Véu por escolha própria. Estão presos.

Fantasmas não ficam porque querem.

Ficam porque não conseguem seguir adiante.

O meu pai pega o celular no bolso do casaco, e o meu coração acelera enquanto procuro o telefone de emergência no meu bolso. Eu o agarro até os meus dedos doerem. Mas já sei que não vai funcionar.

O meu pai digita o número, espera, mas o telefone na minha mão não toca.

Findley aparece ao lado dos meus pais, a cadência do sotaque escocês parecendo apenas um sussurro através da parede espessa do Véu.

— ... Tenho certeza de que ela não foi longe...

Ele não tem ideia de como está certo.

— Vamos achar a Cassidy... — continua ele.

Eu me viro para Jacob, desesperada.

— Você precisa chamar a atenção deles. Precisa *fazer* alguma coisa lá fora.

Jacob fica pálido.

— Cass, jamais consegui...

— Por favor — imploro. — Precisa tentar.

Ele engole em seco, então assente, determinado.

— Tudo bem — diz ele. — Fica aqui.

Como se eu tivesse escolha.

Ele estica a mão, e o Véu surge em torno dos dedos dele, sólido porém maleável, flexível. Por um segundo, conforme Jacob pressiona o corpo contra a cortina, a névoa fica mais fina e eu consigo ver o mundo além, o que me faz acreditar que aquilo vai funcionar.

Mas então a mão de Jacob começa a tremer, e o Véu o repele. Ele cambaleia para trás, e o meu coração fica pesado.

— Não estou entendendo — comenta Jacob, esfregando os dedos.

Mas eu estou, acho.

Jacob e eu sempre estivemos interligados, conectados. E ele sempre conseguiu atravessar, mas isso era quando *eu* também podia. Ele podia ir para o meu mundo e eu podia ir para o dele. Mas agora que estou presa aqui, Jacob também está.

Um soldado-fantasma passa na nossa frente, bloqueando a visão. O Véu ondula, então o mundo além se desfaz como um sonho.

— Isso não é lugar para crianças — grunhe o soldado, gesticulando para o pátio do castelo. — Saiam daqui ou vou jogar vocês na prisão.

A voz dos meus pais está desaparecendo.

— Espera — falo, tentando passar pelo soldado. Ele me pega pelo colarinho e me empurra contra Jacob. Nós caímos nos paralelepípedos enquanto o soldado nos olha com raiva. Jacob se levanta e me puxa para eu ficar de pé.

— Vamos — diz ele ao meu ouvido. — Não podemos ficar aqui.

Mas também não posso simplesmente deixar os meus pais.

Jacob põe o braço ao redor de mim e me abraça.

— Vamos resolver isso.

A voz dele é uma âncora. As palavras são uma balsa.

— Está certo — respondo.

Preciso recuperar a minha vida.

Eu me solto do abraço dele e começo a seguir na direção do portão do castelo, me forçando a me afastar dos meus pais, de Findley e da equipe, me afastar do som do meu nome no ar. Jacob não precisa perguntar para onde vamos. Ele consegue ler os meus pensamentos, então já sabe.

Nós vamos buscar ajuda.

CAPÍTULO VINTE E UM

Às vezes a ajuda é um lugar e às vezes é uma pessoa. Outras vezes, é um pouco dos dois.

Saímos correndo a pé do terreno do castelo, passamos pela *portcullis* e pelo portão da frente.

Precisamos chegar no Fim do Caminho.

Precisamos encontrar Lara.

Apressados, descemos os amplos degraus e acabamos caindo no início da Royal Mile. A outra Edimburgo não existe, está coberta pela cortina. Aqui no Véu, uma cidade mais estranha e antiga toma forma, transbordando com... bem, não com vida, mas com movimento. Pessoas.

Esta é a *verdadeira* cidade dos fantasmas.

Eles estão por toda parte, alguns vestindo roupas modernas e outros com vestimentas antigas. Conforme observo uma dezena de cenas diferentes desenrolando, fica evidente que Lara tinha razão — cada fantasma está preso no seu próprio tempo, no seu próprio ciclo.

Pessoas de luto se aglomeram sob um mar de guarda-chuvas.

Uma mulher de vestido longo empurra um carrinho de bebê de design elaborado, intrincado, murmurando algo para seu ocupante oculto.

Uma horda de homens de *kilt* passa cambaleando, com os sotaques acentuados demais para serem compreendidos.

— Volte aqui! — berra um sujeito. Eu me viro, achando que ele está falando comigo, mas, um segundo depois, um menino pequeno passa correndo por nós dois agarrado a um pedaço de pão. O vendedor dispara atrás enquanto o garoto segue para a rua, dando de cara com um cavalo e uma carruagem.

Eu me estico para alcançar o braço dele, mas chego tarde demais. O menino tropeça e o cavalo se empina. Fecho os olhos com força, esperando a colisão e os gritos, mas eles não vêm. Um momento depois, o menino, o homem, o cavalo e a carruagem se foram. Em algum lugar, o ciclo recomeça.

— Vamos, Cass — diz Jacob, pegando a minha mão.

Saímos da Royal Mile. Em um tremeluzir, o mundo fica diferente. É como ir de quarto em quarto em uma casa sem fim. Há momentos em que parece vazia, uma tela vazia e cinza. Em outros, os fantasmas e as memórias têm tantas camadas que é difícil focar.

Uma mulher usando roupas antigas dispara por uma porta.

Colunas de fumaça sobem de um prédio mais adiante na rua.

Um homem vestindo uma capa com capuz adverte as pessoas a ficarem em casa.

Nunca estive no Véu por tanto tempo. As coisas deveriam estar ficando mais turvas a essa altura, mas, em vez disso, estão ficando mais nítidas. Não me sinto tonta, ou confusa, ou perdida, ou qualquer outra coisa que uma pessoa *viva* deveria sentir ao passar muito tempo na terra dos mortos.

É um mau sinal e sei disso, e Jacob, que segura a minha mão conforme corremos em direção ao Fim do Caminho, também sabe. Contudo, quanto mais nos aproximamos, mais eu sinto como se estivesse indo para o lado errado. O que não faz sentido algum.

Vire, dizem as minhas pernas.

Vá por aqui, dizem os meus braços.

Me siga, diz o meu coração.

Mas não posso confiar em nenhum deles, não aqui no Véu.

O Fim do Caminho aparece e um suspiro de alívio escapa da minha garganta. Estou tão feliz por ver aquela porta vermelha.

Tento não pensar muito no que isso significa: que o lugar existe dentro do Véu. Que os últimos segundos de alguém ocorreram no Fim do Caminho.

Escancaro a porta.

— Lara! — grito no corredor de entrada.

— Lara! — repete Jacob conforme subimos as escadas para o 1A.

Ela provavelmente não consegue nos ouvir, não através do Véu, mas chamamos mesmo assim.

A porta do flat dela está aberta, e nós entramos. Parece mais velho, mais estranho. Há livros empilhados e outro papel de parede. Claro, não é o flat da *Lara*. Mas no momento é o mais perto que consigo chegar.

Tenho esperanças de que seja perto o suficiente.

Pressiono o corpo contra o Véu, tentando ver através de uma cortina que parece ficar mais grossa a cada segundo. Quando o mundo além finalmente fica visível, está fora de foco, é como olhar duas tiras de filme sobrepostas que não foram alinhadas direito.

O meu coração fica apertado, porque, desfocado ou não, consigo ver que o flat está vazio.

Eu deveria estar surpresa, mas não estou. Sabia que ela não estaria ali. Só não sei *como* eu sabia.

— Olá, olá — diz uma voz baixa atrás de mim.

Jacob dá um pulo e, ao me virar, vejo um homem mais velho. Ele está de robe, tem um cachimbo entre os lábios e segura um livro embaixo de um braço. É um fantasma, essa parte é óbvia, mas também tem algo sobre ele que parece... sólido. Presente. Foi totalmente diferente da percepção que tive naquela casa congelante, com o fantasma daquele pai que estava de luto. Naquele caso, parecia óbvio que tínhamos entrado em uma memória dele. Mesmo ao falar comigo, aquele homem estava perdido em nebulosidade.

Mas o homem de agora não parece estar preso em um ciclo. Quando ele olha para Jacob e eu, percebo que ele realmente nos enxerga.

— Posso ajudar você? — pergunta o senhor, com uma voz gentil.

— Estou... procurando a Lara — gaguejo.

— Ah, infelizmente a minha sobrinha não está em casa.

— A sua sobrinha?

— Que grosseria minha — diz o homem, esticando a mão para se apresentar. — Sou Reginald Weathershire. Os meus amigos me chamam de Reggie.

É claro. *Sr.* Weathershire.

O Fim do Caminho: esse deve ser o Véu *dele*.

— Cassidy Blake — digo, apertando a mão do homem.

O Sr. Weathershire franze o cenho.

— Ela mencionou você. Mas disse que você era... — Ele balança a cabeça e gesticula para a frente da minha camisa, onde a luz deveria estar. — Como ela.

— Não sou um fantasma — afirmo, me encolhendo com a palavra. — Só tive um dia muito longo.

— Oi, sou o Jacob — interrompe o meu amigo —, e não quero ser grosseiro, mas estamos com um pouco de pressa. Sabe para onde a sua sobrinha foi?

O Sr. Weathershire nega com a cabeça.

— Infelizmente não saio muito hoje em dia.

O pânico enche os meus pulmões como se fosse água.

Como vou encontrar a Lara assim?

Dou meia-volta devagar, tentando decidir o que fazer. Mas o Véu não tem respostas. Fecho os olhos e me obrigo a respirar, levo a minha concentração para isso, o ar sendo inspirado, o puxão no meu peito...

Espera.

Um puxão?

Está ali, bem atrás das minhas costelas, a mesma coisa que senti quando conheci Lara. Como se houvesse um fio entre nós. Sinto isso agora, só que não está me puxando para dentro do flat, e sim para o corredor, abaixo das escadas.

— Temos que ir.

— Espera, para onde? — pergunta Jacob.

— Acho que sei como encontrar Lara — explico, já indo em direção à porta.

Mas algo me faz olhar para trás.

O Sr. Weathershire está do outro lado do cômodo, colocando o livro em um espaço vazio na estante. De acordo com Lara, ele é um fantasma e deveria seguir em frente. Mas ele não parece perdido. Não parece encurralado.

— Por que você está aqui? — pergunto.

Ele olha ao redor com carinho.

— Creio que não estou pronto para me despedir.

— E a Lara deixa você ficar?

Ele ri suavemente.

— Todos nós precisamos de alguém que nos veja com nitidez.

Hmm. Talvez a Lara tenha um lado sensível no fim das contas.

— E talvez eu seja o Skull Shooter — comenta Jacob. — Sem ofensas, Cass, mas não ligo para a Lufa-Lufa interior dela. Me importo em conseguir a sua vida de volta e, para fazer isso, precisamos *encontrar a Lara*.

Jacob está certo, é claro.

Sigo o puxão, deixando-o me guiar escada abaixo. Depois até a rua. A minha mãe sempre diz que devemos confiar na nossa intuição, e é isso que eu faço.

Alguma vez você já ficou no topo de uma ladeira? Há um desejo natural de descer, as suas pernas pegam velocidade à medida que você começa a andar, o puxão da gravidade te levando para baixo, baixo, baixo da ladeira.

É exatamente assim que me sinto agora.

Como se a Lara estivesse lá embaixo da ladeira, e eu estivesse sendo atraída até ela.

Tudo que preciso fazer é confiar nos meus pés e andar.

CAPÍTULO VINTE E DOIS

— Sei que parece insensatez — digo, explicando o puxão que sinto enquanto atravessamos a cidade fantasmagórica.

Jacob dá de ombros.

— Não é a coisa mais estranha que aconteceu hoje.

Eu solto uma risada baixa e frenética. Ele bate no meu ombro.

O Véu vai e vem ao nosso redor, com prédios subindo e descendo, enquanto fantasmas passam tremeluzindo. Eu deveria ter seguido o meu corpo quando ele me disse que eu estava indo para o lado errado. Agora deixo que me guie. Não ignoro o puxão, a voz dentro de mim que diz para ir por esse caminho ou por aquele. Os meus pés me carregam e, a cada passo, a linha que me liga a Lara fica mais tensa, mais e mais, até que... começa a afrouxar.

Paro de repente.

Achando que fui para o lado errado, retorno uns passos até a tensão voltar. Tento de novo, mas a linha fica mais frouxa, independentemente de qual direção eu vou.

Esse lugar — bem aqui — é onde eu deveria estar.

O problema é que *bem aqui* não é lugar nenhum.

O Véu está vazio, exceto por borrões de rua e os contornos pouco nítidos de lugares que não existem neste lado da cortina. É como uma daquelas pinturas em que o artista deixa as linhas de esboço nas bordas. Isso é uma borda, um local em que o Véu e o mundo normal não se alinham.

Com os olhos contraídos, tento entender o que há do outro lado, mas está ficando mais difícil de ver qualquer coisa atrás da cortina. Quando tento, tudo está fora de foco e...

Foco.

Isso me dá uma ideia.

A câmera ainda está pendurada no meu pescoço. Pode ser uma câmera estranha, uma que vê um pouco menos e um pouco mais, mas *todas* as câmeras permitem um ajuste de diferentes distâncias focais, de modo a focar em coisas que estão bem perto ou bem afastadas. Como o Véu e o mundo normal.

Ergo o visor estilhaçado até os olhos, girando as lentes e deixando o Véu diante de mim ficar embaçado. Por um segundo, toda a imagem fica fora de foco, mas continuo mexendo até o Véu se tornar um borrão e o mundo real para além dele aparecer bem definido.

Se estivéssemos no mundo real nesse instante, estaríamos dentro de uma livraria.

BLACKWELL'S diz o letreiro pintado de azul e branco na parede.

— Vem comigo — falo para Jacob.

Ele mantém uma das mãos apoiada no meu ombro e eu mantenho o olho no visor conforme passamos por um labirinto de clientes e estantes de livros.

Para baixo, diz o puxão dentro do meu peito. Então desço as escadas, andando por um mundo que posso ver, mas não posso tocar, passando por pessoas como se elas nem estivessem ali — quando, na verdade, sou eu quem não está.

Chegamos no último piso subterrâneo e lá está Lara, em um canto do café da livraria. Ela está sentada em uma pequena mesa redonda, remexendo uma xícara de chá e lendo um livro.

— Lara! — grito eu, na esperança de os sentidos dela estarem mais afinados do que os meus.

Ela olha para cima, e eu fico esperançosa por um segundo, mas então ela volta ao livro.

— Lara, por favor.

Um pequeno vinco se forma entre os olhos dela. Apenas isso.

Eu a alcanço e a empurro com o máximo de força que consigo. Ou, pelo menos, tento. A minha mão bate no Véu e a sensação é mais de um vidro do que de tecido. O vidro treme, mas não flexiona nem quebra.

Lara fecha o livro e se levanta para ir embora.

Não.

Eu a sigo conforme ela sai do café, com Jacob no meu encalço.

— Lara Lara Lara Lara Lara... — repete ele enquanto Lara vira em uma esquina que dá em um corredor vazio. Ela prontamente gira em um calcanhar e atravessa suavemente o Véu.

— *O que foi?* — sibila ela.

Deixo a minha câmera cair e ficar pendurada pela alça. A luz da livraria se torna difusa, como se o flash tivesse sido disparado - um clarão e então ela some, mais um clarão e ela some novamente.

Mas Lara está aqui.

Real.

— Então você *ouviu* a gente — observa Jacob.

— Sim, ouvi, fantasma — dispara ela.

— O meu nome — retruca ele — é *Jacob*.

Não tenho tempo para nada disso.

— Lara — digo. — Temos um problema.

Ela finalmente volta a atenção para mim, com uma respostinha irônica já se formando nos lábios. Mas, ao me ver, cinza e desbotada e sem luz, ela para. Pela primeira vez desde que nos conhecemos, Lara parece verdadeiramente surpresa. Não achei fosse possível abalar alguém como ela e não sei se isso me deixa orgulhosa ou apavorada.

— Cassidy... — murmura ela.

Imaginei que o meu estado pudesse causar alguma preocupação, mas ainda sou pega desprevenida quando as próximas palavras que saem da sua boca são:

— O que você *fez*?

— Não *fiz* nada! — rebato.

— Eu avisei — diz Lara, com as mãos na cintura. — Falei para você ficar longe da Rapina. E você... — Ela se volta para Jacob. — Falei para você proteger a Cassidy. — Novamente ela se dirige para mim: — Deixo você sozinha por uma hora e você vai e perde o seu fio?!

— Isso realmente não está ajudando — respondo, lutando para manter o pânico afastado da minha voz.

— Onde você estava com a cabeça? — continua ela. — Onde estava a sua câmera?

Abaixo o rosto.

— A lente estava tampada.

Lara faz um gesto, levanta as duas mãos para o alto.

— Que ótimo, Cassidy. — Ela suspira, apertando o espaço entre os olhos. — Como conseguiu me achar?

— Não sei — respondo. — Eu apenas *sabia*. Como se houvesse um fio entre nós duas.

Lara assente. Os seus olhos se semicerram, de um jeito que começo a perceber ser a expressão dela quando está pensando.

— Faz sentido isso, nos sentirmos ligadas uma à outra. Afinal, somos farinha do mesmo saco. Senti também, mas não tinha percebido que isso seria *útil*...

— Sem querer interromper a linha de raciocínio — diz Jacob —, mas a Cass é um FANTASMA NO MOMENTO.

É a primeira vez que escuto as palavras em voz alta, e isso faz o meu estômago revirar.

— Não seja dramático — retruca Lara. — Você só está presa no Véu — comenta ela para mim. — O seu fio de vida foi roubado. Precisamos roubá-lo de *volta*. Só me conta exatamente o que aconteceu.

Então eu conto.

Conto sobre o castelo, as crianças assustadoras, a Rapina Rubra e a forma como ela roubou a minha vida. Lara escuta a história toda em silêncio, com os braços cruzados e os olhos voltados para cima. Ela permanece assim mesmo depois de eu terminar.

— Fala alguma coisa — imploro conforme um silêncio desconfortável se estabelece entre nós.

— Estou pensando.

— Pensa mais rápido — fala Jacob.

De repente, um calafrio passa por mim e, por um instante, os meus pulmões doem e o mundo escurece. Sinto tanto frio que não consigo imaginar estar aquecida de novo.

— Cass? — diz Jacob, com os olhos arregalados de preocupação. — O que foi isso?

— Não sei — sussurro, tentando não deixar a minha voz parecer trêmula. Mas quando olho para as minhas mãos, elas estão mais... cinza.

— Você não parece nada bem — observa Lara, o que é um comentário totalmente desnecessário, enquanto a luz quente dela brilha intensamente pela camisa.

— Quero a minha vida de volta — digo com os dentes batendo.

Lara morde o lábio.

— Certo, quer a notícia boa ou a ruim?

— Adoraria uma notícia boa nesse momento.

— A boa notícia é que a Rapina ainda não é *dona* da sua vida. A vida ainda é sua. Só está emprestada.

— E a má notícia? — pergunto.

Lara hesita.

— A má notícia é o que ela vai fazer com a sua vida.

Não quero perguntar. Mas não tenho escolha.

— O quê?

— Bem — começa Lara —, ela precisa desenterrar o próprio corpo e colocar a sua vida dentro dele. Acho que isso é outra boa notícia; demora um tempo para desenterrar um corpo, então vamos ter que agir antes de ela conseguir fazer isso. Mas acho que isso é também a má notícia. Se a Rapina colocar o seu fio de vida dentro do corpo dela, bem, não vai ter como desfazer esse nó. — Lara olha para o relógio dela. — Há cinco cemitérios históricos em Edimburgo, e certamente ela irá a um deles...

Estou tão tomada pelos altos e baixos de notícias boas/ruins que demoro um momento para lembrar: sei essa resposta. Findley já me contou.

— Ela está enterrada no Greyfriars.

Lara se anima.

— Bem, *isso* é um passo na direção certa. Greyfriars não é longe daqui. Vamos.

Lara se vira, mas eu pego o braço dela.

— Espera. Não pode vir com a gente.

— Você precisa que eu vá.

E ela está certa.

— Eu sei. Mas preciso que você faça outra coisa antes.

— O que poderia ser mais importante...

— Você precisa encontrar os meus pais.

Lara fica pálida.

— O quê?

— Eles estão no castelo, ou pelo menos estavam. Procure a equipe de filmagem e Findley, e...

— E o que exatamente devo dizer a eles? — dispara ela. — Que a filha deles foi levada por uma lenda escocesa sinistra?

Paro por um segundo, me perguntando se os meus pais iriam acreditar nisso. Mas o interesse deles pelo sobrenatural vai apenas até certo ponto.

— Apenas diga que estou *bem*...

— Não sou boa em mentir...

— Faça uma exceção. *Por favor.*

Lara balança a cabeça, porém responde:

— Está bem.

Jogo os meus braços em volta dela. Lara enrijece, então bate de leve nas minhas costas. Tento não pensar no quão diferente é a sensação do corpo dela, o quanto ela é mais sólida e *real*.

— Vou arrumar *alguma coisa* para dizer a eles — promete ela, se afastando — e então encontro vocês no Greyfriars. — Ela dá meia-volta para ir embora e põe uma das mãos no Véu. Mas, antes de abrir a cortina, Lara olha para trás.

— Cassidy.

— Sim?

— Nós vamos consertar isso — afirma ela.

Em seguida, a cortina ondula, e ela some.

CAPÍTULO VINTE E TRÊS

Não há sol no Véu, apenas um brilho cinza pálido, mas de algum modo o céu escurece à nossa volta conforme Jacob e eu seguimos para o Greyfriars, como se alguém tivesse projetado uma sombra sobre tudo.

Há neblina nas ruas, e a presença de fantasmas parece ameaçadora de repente.

Pego a câmera com ambas as mãos, tiro a tampa da lente e a deixo preparada caso haja algum problema.

— Não imagino que a gente tenha um *plano,* né? — observa Jacob.

— Claro que temos — respondo, tentando parecer esperançosa. — O plano é impedir a Rapina Rubra e pegar a minha vida de volta.

— Detesto ter que dizer isso, mas nenhum de nós tem uma *forma física.*

— Eu sei.

— E a Rapina está do outro lado do Véu.

— Eu sei.

— E nós não podemos...

— Eu *sei* — disparo. Jacob se encolhe.

Respiro fundo.

— Olha, eu a vi lá no castelo depois de ela atravessar.

— E?

— E ela estava do outro lado do Véu, mas eu ainda podia *vê-la*, sem nem tentar.

Jacob franze o cenho.

— O que você acha que isso significa?

— Não sei ao certo — admito. — Mas *acho* que isso significa que ela é como eu agora. — Jacob começa a protestar, mas levanto a mão. — Quero dizer, acho que ela tem um pé de cada lado. Acho que uma parte dela ainda está presa ao Véu. *Espero* que isso queira dizer que há uma maneira de a gente puxá-la de volta.

Não preciso ler a mente de Jacob para saber o que ele está pensando. O mesmo medo surge na minha cabeça.

E se não conseguirmos?

Mas ele é gentil o bastante para não dizer isso em voz alta.

Um passo de cada vez, penso. Primeiro, precisamos chegar ao cemitério.

— Para dentro de casa! — grita uma voz. Eu me viro e vejo um grupo de figuras encapuzadas e usando máscaras monstruosas de rostos de pássaro com longos bicos. Eles estão carregando lanternas, mas há fumaça saindo em vez de luz. — Protejam-se da Peste — adverte um deles. — Fiquem atentos...

— Olha você, que coisa linda — cantarola uma velha sem dentes enquanto oferece um buquê de flores apodrecendo para mim. — Papoulas para a moça. Venha cá, venha cá...

Eu me afasto e quase trombo em um soldado.

Um bando deles se amontoa contra a parede, com as golas viradas para cima como se para se proteger de um vento cortante. Não consigo sentir nada, mas eles tremem, com a respiração condensando no ar. O olhar dos soldados desliza para mim, e murmuro um pedido de desculpas conforme Jacob e eu nos apressamos em frente.

Se eu fosse uma boa caçadora de fantasmas, pararia e colheria essas pessoas. (Na verdade, se eu fosse uma boa caçadora de fantasmas, provavelmente não estaria nessa confusão.)

Faço um mapa na cabeça para acalmar o meu ânimo. Estamos quase no Greyfriars. Só precisamos atravessar a rua, seguir pelo caminho de paralelepípedos e então...

Uma ossuda mão aparece do nada, com dedos sujos agarrando o meu pulso. É a mão de um homem em uma carroça de prisão. O rosto dele se abre em um sorriso devastado. Uma careta.

— Me tira daqui, moça.

— Larga ela! — ordena Jacob, puxando o braço do prisioneiro.

Mas os dedos sujos apenas ficam mais apertados contra a minha pele.

— Me tira daqui ou quebro o seu...

Não penso. Ergo a câmera, enfiando na cara dele. Os olhos do homem desviam para a lente, e ele me larga tão rápido que perco o equilíbrio e tropeço para trás. Jacob me segura, mas a alça da câmera se solta e a máquina cai no paralelepípedo.

Todo o meu corpo fica tenso, com medo de ela ter quebrado, mas a máquina caiu com a lente para cima. Eu me agacho sob a mão do prisioneiro para pegá-la.

Não tenho a intenção de olhar para a lente.

Ou melhor, não penso em *não* olhar.

Mas no momento em que vejo o meu reflexo no vidro prateado, a minha mente se esvazia, e então eu...

Estou no rio de novo, com os pulmões enchendo de água congelante e, dessa vez, ninguém me salva.

Dessa vez, não subo para recuperar o fôlego.

Dessa vez, a luz se afasta mais e mais, e continuo afundando, indo para baixo, para baixo, até...

A minha visão ficar escura.

E demoro um segundo para perceber que não é uma escuridão absoluta, e sim a mão de Jacob sobre os meus olhos, a voz dele ao meu ouvido.

— Você está viva. Você está viva. Você está viva.

Estremeço e volto para mim. Estou ajoelhada na rua, com as canelas encostadas nos paralelepípedos e com o peito subindo, agitado. Mas estou aqui. Real. Viva. Ou o mais próximo que consigo no momento.

— Obrigada — digo, com a minha voz vacilando. Jacob finge não notar.

— Regra #33 — lembra ele, sorrindo.

— Amigos não deixam amigos ficarem presos em reflexos?

— Essa mesmo.

Sei que ele está tentando me fazer sorrir, mas tudo que vem à minha mente é o frio terrível que senti, a percepção de como aquele dia podia ter terminado. Deveria ter terminado. *Terminou...?*

— Para — interrompe Jacob, com firmeza, lendo a minha mente. — Não terminou. E não vai. Não daquele jeito. Nem desse. Agora vamos. Estamos quase lá.

Ele está certo.

A entrada para o Greyfriars está logo adiante, depois da curva e descendo uma rua inclinada. Pego a câmera e passo a alça roxa pela minha cabeça, com cuidado para manter as lentes voltadas para longe de mim.

Não admira Jacob ter sempre virado o olhar. Nunca ter encarado a lente.

Dobramos a esquina e começamos a descer, então o ferro do portão do Greyfriars surge e, ali, em frente às barras de metal, um menino e uma menina esperam.

A menina é alta, loira e veste jeans, um suéter e um cachecol da Sonserina. Ela se parece com alguém que teria saído direto do Elephant House. Mas o menino é de outro tempo. Ele tem o cabelo preto e os olhos tristes, e se parece com algo saído de uma pintura, em um passado distante. Os dois são tão diferentes e, no entanto, têm a mesma expressão vazia no rosto. A mesma geada se formando sobre a pele.

Os meus passos diminuem, assim como os de Jacob.

— Talvez só queiram conversar... — sugere ele.

— Talvez — concordo, mas não estou com muita esperança.

A garota fica ereta e nos encara.

O garoto desencosta do portão de ferro e tira as mãos dos bolsos, movendo-se na nossa direção. Então percebo que já o vi antes: em uma foto amarelada, na mão de um homem velho em uma casa congelante.

Se você vir o meu menino...

— Oi, Matthew — falo conforme nos aproximamos. Mas ele nem pisca, nem parece registrar o nome.

Já ouviu aquele ditado: *Não tem ninguém em casa?*

É igual a isso, os dois nos encaram com olhares vazios.

— Tem algum tipo de senha? — pergunta Jacob. — Tipo *abre-te, sésamo?*

Para além dos portões, posso ouvir o som de pás cavando a terra. Mas, quando tento passar, contornando o menino, ele se move, tão rápido quanto a luz, e bloqueia o caminho.

Os meus dedos seguram a câmera com mais força.

— Me desculpe — digo, levantando-a na frente do rosto dele. Com o olhar vago, ele encara a lente.

— Observe e escute — começo.

O menino inclina a cabeça.

— Veja e saiba.

Um único piscar.

— Isso é o que você é.

Ele não faz qualquer movimento conforme levo a mão para dentro do seu peito, pronta para pegar a fita.

Os meus dedos se fecham em torno de... nada.

Nenhuma fita. Nenhuma corda.

Apenas espaço vazio.

Talvez eu tenha feito o feitiço errado. Talvez...

A mão dele se lança de repente e agarra a minha garganta.

Acontece tão rápido — de repente ele está me colocando contra uma parede de pedra.

Fiz um curso de autodefesa certa vez, um desses workshops depois do horário escolar que são basicamente coisas de bom senso (não fale com estranhos, evite adultos em vans oferecendo bala ou filhotes), mas no final eles ensinaram como se soltar quando alguém te prende. Não que eu me lembre das instruções no momento.

Felizmente, não preciso.

Jacob vai para cima do garoto, e os dois caem na rua.

Eu cambaleio, respirando profundamente conforme a menina vem para cima de mim. Passo por baixo do braço dela e puxo Jacob para que ele se levante.

E fazemos a única coisa que podemos fazer.

Nós corremos.

CAPÍTULO VINTE E QUATRO

— Plano? — pergunta Jacob enquanto corremos pela estrada, passando o Greyfriars.

— Estou tentando pensar em algo — respondo, sem ar, com a câmera sacodindo no pescoço.

Deveria ter funcionado.

Por que não funcionou?

— Tem alguma coisa errada com eles — comento.

— Quer dizer além do fato de eles estarem *perseguindo a gente*? — questiona Jacob.

Chegamos ao fim da estrada e derrapamos até pararmos.

— Ah, não.

Quando eu estava do outro lado do Véu, conseguia sentir o peso do tecido, a pressão me avisando se um lugar era assombrado, se havia fantasmas próximos. *Desse* lado, no entanto, não consigo sentir nada.

Razão pela qual não percebi para *onde* estávamos indo até chegarmos lá.

Grassmarket.

Do outro lado do Véu, Grassmarket era uma praça agitada, cheia de turistas e pubs, um centro histórico a céu aberto.

Aqui, ainda é exatamente o que costumava ser: um local de execução. O lugar onde centenas de homens e mulheres encontraram seu fim.

A praça está lotada de fantasmas, amontoados em volta de uma plataforma de madeira.

— Desviando — sussurra Jacob, mas consigo ouvir o menino e a menina correndo atrás de nós dois e não há nenhum outro lugar para ir, nenhuma forma de sair sem ser atravessando a praça.

Pego a mão de Jacob e forçamos passagem pela multidão conforme um homem é levado à plataforma. Uma corda grossa é colocada no pescoço dele.

Eu me viro, enfiando o rosto no ombro de Jacob, porque há certas coisas que nunca devem ser vistas.

Mas a execução não acontece.

As vozes na multidão diminuem até um silêncio sinistro. E, quando olho para cima, vejo cem rostos. O povo não está olhando para o homem na plataforma.

Está olhando para *nós*.

Uma mulher se arrasta até mim.

— A Rapina veio aqui...

Um homem se aproxima, acotovelando os fantasmas ao redor.

— Ela disse que nos libertaria...

Uma criança pula e dá uma pirueta.

— Tudo que tínhamos que fazer...

Uma velha agarra a manga da minha camisa.

— ... era pegar *você*.

Eu grito e levanto a câmera como um escudo, e a velha cambaleia para trás como se atingida.

Jacob pega o meu braço e me puxa para a extremidade da praça.

— Não vamos conseguir nos livrar deles! — digo.

— Não precisamos — responde Jacob.

E ele está certo. Podemos estar presos aqui no Véu, mas não estamos presos *aqui*, em um lugar, em um momento no tempo e na memória.

Tudo que precisamos fazer é chegar ao limite do Grassmarket.

Mãos nos agarram conforme desviamos e giramos, atravessando a multidão.

Um homem segura Jacob, mas giro o meu amigo, libertando-o com a câmera levantada, e nós continuamos correndo, tão rápido quanto conseguimos. Adiante, o ar no limite do Grassmarket brilha enquanto a horda de fantasmas se aproxima atrás e ao redor de nós dois.

Sinto dedos passando nas minhas costas, tentando pegar a alça da câmera, mas no instante antes de se fecharem, nós viramos à esquerda, saindo da praça e entrando em uma rua estreita. O Grassmarket desaparece atrás de nós, como uma porta batendo e se fechando.

A horda de fantasmas, a multidão faminta, os gritos e os berros deles são engolidos por uma dobra no Véu.

Jacob deixa o tronco do corpo cair, arquejando, e eu escorrego contra a parede, tremendo e sem ar. A sensação de frio está piorando. Não digo isso a Jacob, mas ele consegue ver no meu rosto, ler os meus pensamentos assustados. Quando olho, as minhas mãos estão sem cor. O meu tempo está se esgotando.

Ergo a cabeça, me esforçando para ver acima dos telhados até achar o que procuro. A pedra cinza e escura do muro do cemitério.

— Vamos — falo, arrastando Jacob atrás de mim.

A parede surge atrás e entre as casas. Eu a mantenho à vista conforme seguimos, porque a última coisa que preciso no momento, com a Rapina tão perto e o tempo se esgotando, é me *perder*.

Percorremos grande parte do caminho e chegamos em uma estrada estreita que corre alinhada ao muro do cemitério, quase de volta ao portão, e então vejo o menino de olhos tristes — Matthew — na entrada da pista, com uma criança menor ao lado dele.

Jacob derrapa e para, virando-se, apenas para encontrar a menina loira contemporânea, com mais dois fantasmas atrás.

— Plano? — pergunta ele de novo, com a voz soando mais aguda devido à preocupação.

— Estou pensando — respondo, andando para trás de costas até os meus ombros baterem na pedra do muro do cemitério.

Não sei o que as crianças querem, mas não estão aqui para conversar.

Elas não fazem qualquer barulho - um sussurro ou uma risada ou um grunhido. Não pensamos no quanto o silêncio é enervante até ele estar por todos os lados.

O círculo de fantasmas se aperta como um laço. Não quero pensar no que vai acontecer quando eles fecham o último espaço entre nós.

— Se afastem! — ordena Jacob. Quando os fantasmas continuam avançando, ele lança um olhar nervoso para mim. — Eu tinha que tentar.

Eu me forço mais contra a parede. Não há para onde ir. Estamos tão perto. Tão perto. Consigo ouvir pás batendo na terra do outro lado do muro. As crianças se aproximam cada vez mais, abrindo a boca, e, em vez de diferentes vozes saindo, há somente uma. A da Rapina. A sua canção sinistra e hipnótica sai dos lábios deles, com as notas preenchendo o ar.

A mão do Jacob se fecha sobre a minha.

— Vou tentar distraí-los — diz ele — e você corre.

— Não — falo automaticamente, porque não consigo suportar a ideia de fazer isso sozinha, de ficar presa no Véu ou de enfrentar a Rapina sem o meu melhor amigo. — Estamos juntos nisso.

Jacob dá um sorriso.

— Ufa — comenta ele. — Ainda bem que você falou isso. Realmente não sou muito de agir nobremente e me sacrificar. Mas... — Ele olha para o círculo de fantasmas. — O que vamos fazer?

Observo o muro, avaliando-o. São pedras ásperas, com heras descendo em alguns trechos como cordas.

Tenho uma ideia.

Admito que é uma má ideia.

Coloco as minhas mãos em volta da câmera.

— Plano — digo, com firmeza. — Quando o flash disparar, começamos a escalar.

Jacob grunhe.

— Não sou muito fã de alturas.

— Está na hora de enfrentar o seu medo — sussurro. — Preparar... apontar...

Aperto o botão.

O flash dispara e, aturdidos por um segundo, os fantasmas vão para trás. O canto para.

Naquele segundo, escalamos.

Subo alguns centímetros e então o meu sapato escorrega. Agarro uma vinha meio fraca, com as pedras raspando as minhas juntas e canelas. Consigo prender o pé no entalhe de uma pedra que está faltando e continuo subindo a parede áspera. Não olho para baixo, não até chegar no topo.

Passo a perna para o outro lado e olho para trás. Jacob está logo abaixo. Ele começa a sorrir e desliza, quase caindo.

Eu me jogo para ele e seguro a sua mão, puxando-o para o limite da pedra ao meu lado.

— Viu? — digo, sem ar. — Não foi... tão difícil.

Lá embaixo, as crianças olham para nós, inabaladas, e então começam a seguir pela estrada.

— Talvez tenham desistido? — sugere Jacob, esperançoso.

Talvez, penso. Ou talvez estejam procurando outro jeito de entrar. De todo modo, não tenho tempo. Viro as costas para eles, para a cidade ondulante, e olho para o cemitério.

Greyfriars se estende abaixo de nós, esperando.

Sinos de igreja tocam, vagarosos e tristes. Observo o gramado inclinado, apinhado de lápides, tentando encontrar a Rapina. Há neblina serpenteando pelas sepulturas, a luz está baixa e não consigo vê-la de onde estou.

Não consigo vê-la — mas sei que ela está ali.

Consigo sentir o puxão do meu fio perdido, como se a extremidade ainda estivesse presa ao meu peito. Sou uma bússola, e a Rapina Rubra é o meu novo norte.

Outro calafrio passa por mim, um banho frio que toma o corpo todo e rouba o ar dos meus pulmões, fazendo com que eu precise me esforçar para manter o equilíbrio. Jacob me ajuda e me concentro na pressão da mão dele conforme me levanto devagar.

Jacob então me solta, preferindo ficar de quatro.

— É uma coisa totalmente racional sentir medo de altura — comenta ele, na defensiva. E alto demais. A voz ecoa na escuridão, e ele põe a mão sobre a boca.

Não temos muitas vantagens no momento.

A surpresa é meio que essencial.

Pás de cavar soam em algum lugar atrás da igreja. Através da neblina, consigo ver apenas um pequeno círculo de luz azulada. A *minha* luz.

Está na hora de recuperá-la.

Olho em volta e vejo um túmulo alto próximo, recostado contra a parede. O marcador da sepultura é um bloco de pedra com uma escultura na qual há asas de anjo saindo das laterais e um rosto emergindo da pedra, como se estivesse subindo para respirar.

Tento não olhar para os olhos fechados ou para a boca aberta do anjo conforme desço do muro para a asa de pedra mais próxima, então da asa para uma única mão estendida.

Eu pulo.

Há uma pequena queda, depois os meus pés afundam na terra lamacenta, espessa, úmida e recentemente revirada. Jacob pousa ao meu lado um segundo depois e tomba para a frente, afundando quase até os cotovelos. Ele resmunga ao sair de lá.

Fico de pé e olho em volta, mas, enquanto faço isso, algo acontece.

O Véu brilha ao redor e o cemitério muda, com o mundo inteiro perdendo foco por um instante antes de encaixar outra vez, nítido e novo e dolorosamente familiar. Não é o Greyfriars que vi no outro dia, aquele com o cachorro-fantasma correndo entre os túmulos e o homem fumando no topo do morro.

Não, é o Greyfriars *do momento atual*.

O Véu e o mundo além dele se alinham pela primeira vez, duas imagens sobrepostas e arrumadas até ficarem perfeitamente em foco.

A única coisa que permanece é a sensação ruim, como se dedos descessem pela minha coluna.

— Não estou entendendo — comenta Jacob.

Mas eu estou.

Cada fantasma cria o seu próprio Véu, pintando as suas memórias em uma tela branca. E essa é a *minha* versão.

Se eu fracassar em conseguir a minha vida de volta, se eu morrer — *realmente* morrer —, essa será a minha vida após a morte. Ficarei presa, vagueando por esse cemitério, vendo a Rapina desenterrar o próprio corpo e implantar a minha vida em seus ossos.

Mas não vou desistir.

Não vou morrer aqui.

Não vou morrer e ponto.

CAPÍTULO VINTE E CINCO

Jacob e eu serpenteamos entre os túmulos, seguindo o som das pás. Depois subimos uma ladeira e contornamos a igreja.

É então que eu a vejo.

A Rapina Rubra está sentada sobre uma placa de pedra grande, cantarolando suavemente, com o fio brilhante da minha vida entrelaçado como um jogo de cama de gato entre os dedos.

Ela não está cavando.

Mas ainda posso *ouvir* as pás. Vejo o brilho do aço como faíscas no ar, com o buraco aumentando aos pés da Rapina como um truque de mágica.

E quando ponho a câmera no olho e observo pelo visor, o Véu se torna embaçado e o mundo além dele entra em foco. Os dois lugares se parecem iguais, com algumas diferenças *importantes.*

No mundo real, a Rapina ainda está empoleirada na placa de pedra, mas ela não está sozinha do lado de lá. Dois adolescentes obviamente enfeitiçados estão dentro da cova, que já está na altura do peito deles. A expressão dos meninos está vidrada, a respiração condensando conforme eles retiram montes e montes de terra e jogam no gramado acima.

Eu faço um panorama da cena com a câmera.

Os portões da frente do cemitério foram trancados com cadeado. Um som de batida constante vem da porta fechada da igreja, como se alguém estivesse preso lá dentro. O cemitério está vazio exceto pela Rapina e os dois meninos.

Tiro os olhos do visor da câmera e o Véu volta a entrar em foco. Os adolescentes desaparecem e apenas a Rapina está lá, segurando a minha vida roubada.

— Plano? — pergunta Jacob, mas no momento errado, com a voz dele encontrando exatamente o espaço entre as cavadas de terra.

A cabeça da Rapina se inclina de repente.

Jacob e eu nos afastamos e nos escondemos atrás das lápides mais próximas, recostando contra as sepulturas quebradas.

— Desculpa — sussurra ele.

Espio de novo pelo canto e vejo o buraco do túmulo cada vez mais fundo, então repentinamente formo um plano.

É, sem dúvida, um plano muito ruim, talvez o pior da minha vida, e Jacob nem precisa perguntar porque ele consegue me ouvir pensando e já está balançando a cabeça *não não não não não*.

Mas não temos tempo para discutir.

As pás pararam de cavar.

A Rapina desceu de onde estava sentada.

— Preciso de uma distração — sussurro. — Posso contar com você?

Depois de um longo momento, Jacob responde:

— Sempre. — Ele franze o cenho, acrescentando: — Mas, se você morrer, nunca vou te perdoar.

Dou um abraço nele e, ao soltá-lo, me agacho e vou meio que andando e meio que engatinhando no meio das sepulturas, fazendo um círculo amplo em torno da árvore, da cova e da Rapina Rubra.

A mulher-fantasma caminha em volta do próprio túmulo, com a minha vida enrolada na mão. Ela está prestes a entrar no buraco quando a voz de Jacob ressoa no cemitério.

— Ei, você!

A Rapina olha para ele, que está de pé em cima de um túmulo.

— O que é isso? — pergunta ela, cantarolando com aquela voz sombria. — Um menininho perdido?

— Não estou perdido — responde Jacob.

Ela anda até ele, ficando de costas para a cova aberta. Essa é a minha chance. Sigo em direção à borda do vão na terra conforme Jacob se afasta, com a mulher o seguindo pelos túmulos.

— Pobrezinho — declara ela. — Venha até mim.

Os adolescentes tremeluzem no canto da minha visão, borrados pela cortina do Véu. Eles estão de pé ao lado do monte de terra da cova, com os olhos sem foco e as mãos nas laterais do corpo, ainda enfeitiçados.

Estou quase chegando no buraco quando o meu tênis escorrega. A terra cai como chuva dentro do túmulo aberto, pousando na caixa de madeira no fundo. Seguro a respiração, mas a Rapina não olha para trás, então desço para o interior da sepultura.

E para o caixão.

Abro a tampa e, contra qualquer pensamento racional, me forço a entrar lá.

Junto com os ossos da Rapina Rubra.

Confissão: apesar da ponte e do rio, o meu maior medo nunca foi me afogar. Sempre foi ser enterrada viva. E, ao entrar aos poucos no caixão, com o ar parado e fechado e úmido, decido que o meu medo ainda é o mesmo.

Acomodo o corpo ao lado de um esqueleto de vestido vermelho desbotado, me colocando contra a parede do caixão. Agarro a câmera e seguro a respiração conforme um peso se coloca na tampa.

Um segundo depois, a tampa range e se abre.

A primeira coisa que vejo é a minha vida, erguida como uma lanterna na mão da Rapina.

Mas ela não me vê.

A mulher está tão concentrada em seus ossos que não nota a minha presença até ser tarde demais — até ela estar se abaixando para colocar a vida roubada nas costelas e a minha mão avançar, segurando-a primeiro.

Calor sobe pelos meus braços como um raio, uma explosão de luz quase dolorosa.

Mas não solto. Seguro pela minha vida, que é basicamente o que está em jogo aqui.

— Sua criança idiota — sibila a Rapina.

Ela se afasta, tentando levar o fio consigo, mas estamos conectadas por essa fita entre nós, pela minha vida roubada. Ao se levantar, a mulher-fantasma me leva junto para fora do caixão, até eu ficar de pé, e já estou erguendo a câmera com a outra mão, convencida de que consegui, consegui, que realmente a venci...

Mas a Rapina é muito rápida. Muito forte.

Ela fecha a mão que está livre ao redor da lente, bloqueando o reflexo, e arranca a câmera da minha mão. A alça roxa se rompe conforme a Rapina a joga para o lado. A câmera bate no túmulo dela e escuto o barulho horrível do vidro sendo estilhaçado quando a lente se quebra e despedaça, os cacos transparentes caindo na terra do cemitério.

E antes que eu possa pensar, que eu possa gritar, a mulher me segura e me atira da cova. Com um barulho, o meu corpo voa para trás, caindo com força na terra. Tombo pela grama e bato em uma sepultura, perdendo todo o ar dos pulmões.

Uma mão encosta no meu braço e dou um pulo, mas é só Jacob, ajoelhando-se ao meu lado.

A minha câmera fica quebrada no chão, mas não foi em vão.

Porque eu não soltei.

— Você não é páreo para mim — grita a Rapina.

Fico de pé.

— Tem certeza? — pergunto, segurando o fio de vida. Ou metade dele, pelo menos. A ponta que rasgou em duas está desfiada. A Rapina olha para a própria mão, segurando a outra metade, que brilha mais fraca, a minha vida dividida entre nós duas. Ela solta um rosnado baixo e inumano e segue para cima de mim.

Ela é tão rápida, como uma sombra, um pássaro. Em um instante, está a cinco túmulos de distância e, no outro, aparece bem na minha frente, com os braços abertos como asas. Mas, no último momento, uma figura dispara e se coloca entre nós, e tudo que vejo é uma trança preta brilhosa, agitando-se antes de Lara erguer o pingente espelhado dela.

— Observe e escute! — ordena ela.

Mas a Rapina desvia o olhar a tempo e derruba o pingente dos dedos de Lara. O colar sai voando pela escuridão enquanto a mulher-fantasma vai para cima dela.

Lara, no entanto, salta para trás, escapando por pouco das garras da Rapina e caindo em cima de nós. Jacob e eu a seguramos.

— Desculpa pelo atraso — diz ela, sem fôlego.

— Antes tarde do que nunca — observa Jacob.

— Como você entrou aqui? — pergunto.

Lara indica o muro do cemitério.

— Que bom que não tenho medo de altura. Imagino — acrescenta ela — que vocês dois têm um plano.

— É claro que sim — minto, enfiando o fio brilhante no bolso.

Com a elegância de uma serpente, a Rapina começa a vir na nossa direção novamente.

— Bem — diz Lara —, só porque, caso você *não* tenha um plano, eu tenho.

E então, do nada, a Rapina congela.

Não como o pai em luto ao olhar para a lente da minha câmera, pois não há uma diminuição lenta, uma mudança sutil do movimento até que ela pare.

Não, a Rapina fica rígida, com os braços pressionados com força contra as laterais do corpo enquanto ela se contorce e se debate. Através do tecido fino do Véu, vejo um homem com uma coroa de cabelos ruivos pondo os braços nos ombros dela.

Ela está sendo travada. Por *Findley*.

— Para trás, seu espírito maléfico! — ecoa a voz dele pelo cemitério.

Eu me viro para Lara.

— Você *contou* para ele?

— Eu não pretendia — diz ela, agitada. — Mas ele me seguiu até aqui e meio que insistiu.

— E ele acreditou em você?

Lara dá de ombros.

— O povo britânico tem alta tolerância para o estranho.

— Sem querer interromper... — intromete-se Jacob —, mas acho que temos um problema.

Rapidamente vejo por quê.

A Rapina para de se debater e, de repente, fica imóvel — terrível e verdadeiramente imóvel — nos braços de Findley.

— Ah, crianças — diz ela, com a voz lenta e de uma meiguice doentia. — Isso realmente não vai dar.

Então ela simplesmente atravessa o Véu, saindo do mundo dos vivos e voltando ao dos mortos. Findley cambaleia, cai para trás de braços vazios e bate a cabeça em um túmulo.

Mas não temos tempo para nos preocuparmos com ele, porque a Rapina está ali, bem na nossa frente, sólida e brilhando, com aqueles cachos pretos e aquela capa bem, bem vermelha.

— A sua vida é minha — diz ela, com a voz cativante, hipnotizante, mas não deixo que aquilo me atraia.

— Se quiser o resto desse fio — retruco —, vai precisar passar por mim.

— Por *nós* — diz Jacob.

— *Todos* nós — reforça Lara, do meu outro lado. Ela recuperou o colar, e o pingente de espelho gira em seus dedos.

— É mesmo? — cantarola a mulher-fantasma com um sorriso malévolo. Seus dentes são quebrados, afiados. Conforme ela inspira para cantar, ponho a palma das minhas mãos sobre os meus ouvidos. Assim como Jacob e Lara.

Mas ela não está cantando para *nós*.

Um segundo depois, as crianças vêm.

Um fluxo delas aparece no cemitério, passando pelos portões e dando a volta nos túmulos. Elas se erguem do chão e espreitam do outro lado da igreja.

As crianças vêm de todos os lugares.

E para cima de nós.

Não — para cima de Jacob e de Lara.

Porque a *Rapina* vem para mim.

CAPÍTULO VINTE E SEIS

— Não tem para onde fugir — cantarola a Rapina.

Mas isso não me impede de tentar.

Eu me escondo atrás de um túmulo, com a cabeça a mil por hora.

— Não tem onde se esconder.

A voz dela está bem em cima de mim. Os dedos aparecem no topo da lápide. Eu levanto de novo, cambaleando para trás e para longe do alcance.

— Você é minha, você é minha, você é minha — diz ela, me seguindo entre os túmulos.

Perto de mim, Jacob luta com uma dupla de crianças fantasmas conforme elas tentam prendê-lo ao chão. A alguns metros de distância dele, Lara está cercada por um círculo de fantasmas, e seu colar não tem utilidade contra as crianças com o olhar vazio.

Somos apenas eu e a Rapina.

Uma vida entre nós duas.

Disparo entre as tumbas, desejando que a minha câmera estivesse comigo, desejando que eu tivesse qualquer coisa além da metade do fio.

E então vejo algo. O luar rebate nos cacos de vidro no topo do túmulo aberto da Rapina.

Sei o que fazer.

Corro o máximo que consigo, o mais rápido possível.

Posso ouvir a Rapina vindo também.

Posso senti-la ao meu encalço.

Mas não olho para trás.

Disparo para o monte de terra no limite do túmulo e...

Quase consigo.

Quase.

As minhas mãos afundam na terra recém-mexida bem no momento em que os dedos da Rapina se fecham no meu tornozelo, fortes como garras. A minha mão encontra alguma coisa afiada enquanto ela me arrasta para trás pela terra.

A palma da minha mão é tomada pela dor, mas não solto.

Não quando a Rapina me puxa e me levanta.

Não quando ela envolve a minha garganta com uma das mãos.

Não quando ela me ergue do chão até ficarmos cara a cara. Olho a olho.

— Peguei você — sussurra ela, com a mão livre mergulhando no meu bolso.

— Peguei você — repito, segurando o meu prêmio.

Um caco da lente da câmera, pequeno e reflexivo e brilhante.

A borda está suja de sangue por ter cortado a minha mão, mas é tudo que tenho, então empurro isso na cara da Rapina.

Dessa vez, ela não é rápida o bastante. Dessa vez, as mãos dela estão ocupadas — com uma em volta da minha garganta e a outra procurando pela vida no bolso —, e ela não consegue soltar nenhuma das duas coisas, não antes de ver o próprio reflexo no espelho.

— Isso é o que você é — digo.

Um arquejo sibila como vapor entre os lábios dela conforme os olhos se arregalam. O rosto da mulher-fantasma se contorce com fúria e frustração antes de ficar vazio e liso como gelo.

Não sei o que a Rapina vê no espelho.

Uma mãe de luto vagando pelas ruas, chamando por sua criança desaparecida?

Uma mulher vil roubando meninos e meninas de dentro da segurança de seus lares?

Não sei quem ela era antes de morrer.

Apenas sei o que ela é agora.

Um espectro feito de luto e raiva, medo e desejo.

A minha mão atravessa a capa vermelha e o peito vazio dela. O fio roça os meus dedos, contorcendo-se na minha mão como se fosse um ser vivo, uma serpente na toca, e luto contra o desejo de me afastar. Engulo em seco, pego o fio da Rapina e o puxo para fora. A sensação é pesada na minha mão e, à meia-luz do cemitério, vejo que não é um fio sem cor, como aquele que puxei do peito do homem de luto, mas uma *corda*.

Um cordão preto e grosso, tornado mais denso por conta de dezenas de fios mais finos. Uma quantidade muito maior de fios do que deveria pertencer a uma única pessoa. Porque, é claro, não pertencem. Por isso que não consegui encontrar o fio do peito de Matthew. Não estava lá. Estava *aqui*, cada pedaço do poder da Rapina que foi roubado de uma criança.

A corda resiste, mas enrosco o cordão escuro ao redor dos dedos e *puxo*.

E, quando a corda fica livre, não há um *pop* ou um *crack*, apenas a sensação de um grande peso cedendo finalmente.

A corda se desfaz, escura e viscosa como lama, antes de dissolver em nada.

Assim que a corda desaparece, a Rapina também some.

Um segundo, ela está bem ali, com os cabelos pretos encaracolados em volta do capuz da capa vermelha, seus dedos segurando o meu colarinho. No próximo, a mulher-fantasma virou uma nuvem de cinzas e fumaça e eu caio das suas mãos que sumiram, de volta para o chão de terra.

Por todo o cemitério, as crianças roubadas estremecem, como velas diante de uma janela aberta. Então, em uma única rajada de vento, elas simplesmente... apagam.

Lara se recosta, sem ar, contra uma árvore, com a trança semidesfeita.

Jacob está de pé sobre um túmulo, segurando um pau em ambas as mãos como se fosse um bastão.

Mas não resta mais ninguém para brigar.

Lara pigarreia.

— Tá vendo? — diz ela, com a voz levemente trêmula conforme ajeita a camisa suja. — Falei que a gente ia consertar as coisas.

Eu me agacho sobre os restos escuros da Rapina, cavando pelas cinzas até encontrar. O pedaço desfiado de tecido de luz branca em tom azulado.

A outra metade do meu fio.

Lara parece perder momentaneamente o ar ao ver aquilo. Não posso culpá-la. Posso apostar que *ela* jamais deixou um fantasma roubar a própria vida, jamais viu o próprio fio fora da segurança do seu corpo, muito menos rasgado em dois.

Pego o pedaço de dentro do meu bolso e junto as duas pontas nas minhas mãos.

A princípio, nada acontece e, por um momento terrível, penso que acabei com ela, com essa minha vida. Mas Jacob apoia uma das mãos no meu ombro e, conforme observamos, os fios começam a se entrelaçar, remendando até formarem apenas uma linha fina, como uma fenda, no ponto do rasgo.

Parece... frágil. Menos como uma lâmpada e mais como uma vela, algo que preciso proteger do vento. Contudo, a luz azul está estável na palma da minha mão, suave e brilhante. O oposto da corda que puxei da Rapina.

Eu levo o fio até o meu peito. Não tenho ideia de como isso funciona, se tem alguma palavra que deve ser dita, ou uma série de gestos, como em um feitiço.

Por isso, fico bem aliviada quando o fio apenas mergulha através das minhas costelas de novo, simples como uma pedra em um rio, ali, e então...

Arquejo, a minha visão fica branca.

A minha vida é...

Ar em pulmões famintos.

Minha mão sendo agarrada por outra.

Uma luz na escuridão.

As pedras embaixo do meu corpo na margem congelada, água pingando do meu cabelo e Jacob dizendo:

— Você está segura.

E então estou de volta, não no Véu, mas no mundo real, de carne e osso, luz e sombra, cercada por grama, terra e túmulos.

Estou viva.

O ar se parte ao redor de Lara conforme ela sai do Véu, com Jacob atrás. Quero dar um abraço nos dois, mas Lara não parece do tipo que curte abraços e Jacob e eu não somos mais feitos da mesma matéria, então escolho um aceno de gratidão com a cabeça e um toque-fantasma.

Em seguida, vejo uma coisa perto do túmulo, semienterrada na terra. A alça roxa partida.

A câmera. Ela voltou comigo, de algum modo, de novo. Quando a puxo da terra, parte de mim espera vê-la consertada, inteira, como eu.

Mas a lente ainda está quebrada.

O meu coração fica pesado.

Lara pigarreia.

— Humm, Cassidy...

Sigo o olhar dela, do túmulo aberto para os adolescentes olhando confusos, para as pás nas mãos deles, para Findley no chão, murmurando e esfregando a cabeça, para o som de sirenes e os homens cortando a tranca no portão da frente, e tudo que consigo pensar é:

Estamos tão ferrados.

PARTE CINCO
ISSO É TUDO

CAPÍTULO VINTE E SETE

Pela primeira vez desde que chegamos à Escócia, não tem uma nuvem no céu. O dia está ensolarado e quente conforme o meu pai e eu (e Jacob) andamos pela Royal Mile em direção à loja de fotografia Bellamy's.

Dois dias se passaram desde o cemitério, e estou oficialmente proibida de ir a qualquer lugar sem a supervisão de um adulto. Os meus pais olham para mim como se eu pudesse sumir a qualquer momento, desaparecer bem diante dos olhos deles.

Dizer que estávamos *ferrados*, no fim das contas, foi pouco.

Os meus pais tiveram que me buscar na delegacia. Eles chegaram lá e me encontraram com Findley de um lado e Lara do outro (e Jacob, embora, pelo visto, seja possível se safar de muita coisa quando ninguém consegue ver você), todos nós aturdidos e cobertos de terra do cemitério.

Não é preciso dizer que houve uma investigação. Uma acusação de vandalismo, embora felizmente não tenha sido eu quem profanou um túmulo. Pelo menos, não diretamente. Os adolescentes disseram que não se lembravam de nada e, ainda que eu soubesse que estavam falando a verdade, os policiais tomaram nota do ocorrido mesmo assim. Eu me senti mal por eles, mas os meninos têm bastante sorte por estarem vivos.

E eu também me vi em uma enorme confusão.

Aparentemente, Lara tinha falado para os meus pais que eu explicaria *tudo* quando voltasse. Só que eu não podia fazer isso. Não podia explicar para onde eu tinha ido ou o que tinha acontecido comigo. Não podia explicar *nada* — bem, eu *podia*, mas seria o tipo de explicação que levaria a mais perguntas do que a respostas.

Isso não me impediu de *tentar* contar a verdade para eles.

— Dez pontos pela história — disse minha mãe quando terminei, mas o meu pai ainda assim me colocou de castigo eterno. No fim, acho que os dois estavam apenas muito assustados e muito felizes por eu estar viva.

E eu também.

A filmagem do primeiro episódio de Os espectores terminou ontem. A minha mãe ficou no flat, fazendo as malas e olhando o material filmado com a equipe. Foi preciso uma hora implorando ao meu pai para me levar na Bellamy's e, no fim, acho que ele só disse sim porque o tempo está muito agradável e ele queria uma desculpa para sair.

A minha câmera pode estar quebrada, mas a parte de trás não abriu. Ainda tem filme dentro dela. E quero ver o que está ali.

O meu pai e eu chegamos no topo da estrada e nos viramos para olhar para baixo, para a Royal Mile, com a rua serpenteando para longe como uma fita descendo um morro.

— É uma cidade e tanto — comenta ele.

— Verdade — afirmo. — É mesmo.

Bellamy's está aberta, porém vazia. Nenhum cliente. Ninguém atrás do balcão. Jacob e meu pai ficam do lado de fora enquanto eu entro na loja. É uma sensação estranha ir ali. Sinto falta do meu laboratório em casa, e é uma sensação estranha deixar as fotos com outra pessoa. É estranho não ser a primeira a ver as imagens aparecendo no banho do revelador. Mas não tenho muita escolha.

— Olá? — falo.

Escuto um farfalhar e, um segundo depois, uma menina aparece de uma sala nos fundos. Ela é mais velha do que eu, mas não tão mais velha quanto eu imaginaria, talvez tenha uns 18 anos, com cabelo azul curto e unhas de arco-íris.

— Oie! — responde ela, com uma cadência bem escocesa.

— Eu queria saber se vocês revelam filme preto e branco — falo.

— Que espécie de loja de fotografias a gente seria se não revelasse?! Para ser sincera —, comenta ela, apoiando os cotovelos no balcão —, é o meu tipo favorito. Tem alguma coisa a respeito de filmes antigos... o mundo fica diferente em preto e branco. Estranho. Mais mágico. Sabe o que eu quero dizer? — Os olhos dela recaem sobre a câmera nas minhas mãos. — Nossa, o que você tem feito? Jogado futebol com ela?

Apoio a câmera quebrada no balcão.

— Sei que está quebrada — explico —, mas tem um filme aí dentro, e eu estava torcendo...

Ela cutuca a câmera com a unha.

— Posso? — pergunta a menina, já pegando a máquina. Ela mexe delicadamente, carinhosamente, conforme a revira. — É um modelo antigo, difícil de achar um igual.

— Igual?

— Sim, é só uma lente quebrada. Bem, e um visor partido. Não posso ajudar com isso, mas... — Com um movimento ágil e um clique baixo, a lente quebrada se solta na mão dela. — Alguma prata no vidro... hmmm... — Ela some nos fundos da loja e retorna uns minutos depois com lentes novas. Bem, não *novas*. São visivelmente tão antigas quanto a câmera. Girando rápido, ela as fixa. — Pronto.

O meu coração acelera ao ver a câmera consertada e afunda em seguida.

— Não posso pagar...

Ela põe a câmera sobre o balcão.

— Não posso vender essa lente, na verdade. — Ela vira a máquina na minha direção e, por um segundo, me encolho, lembrando da superfície de espelho, da memória, mas quando olho na lente, vejo apenas o meu reflexo. Ou, pelo menos, em grande parte sou eu. Por um instante, parece que o meu cabelo está flutuando e uma luz paira sobre o meu peito. Mas pode ser apenas o reflexo da lente, um truque de vista, porque, quando pisco, aquilo some.

— Está vendo? — diz ela, indicando a lente. — Tem um defeito. Bem aqui. — Estreito os olhos e vejo uma pequena mancha, como uma nuvem de neblina, na parte interna do vidro. — Faz com que as fotos saiam meio estranhas. Você estaria resolvendo um problema para mim.

Mordo o lábio.

— Tem certeza?

— Claro! — diz ela, pegando a câmera. — Vou ver esse filme para você e... Ah, tem uma foto sobrando, sabia? — Ela sacode a câmera. — Quer que eu tire?

Olho em volta, me sentindo de repente desconfortável de estar *na* foto em vez de a tirando. E então vejo Jacob pela vitrine da loja. Ele está de costas para mim enquanto observa as pessoas passando.

— Espera um segundo — falo.

Vou até a vitrine e recosto contra a vidraça, de modo que Jacob e eu ficamos lado a lado, apenas com o vidro e o letreiro cursivo escrito BELLAMY'S entre nós.

Ele me vê, olha por cima do ombro e sorri. Sorrio de volta e escuto o clique da câmera conforme a menina da loja tira a foto.

— A luz está bonita a essa hora do dia — comenta ela, rebobinando o filme. — Deve ficar boa.

— Obrigada — digo, voltando ao balcão. — Espero que sim.

Ela abre a parte de trás da câmera e retira a caixa com o filme. Os meus dedos coçam; preciso lutar contra a vontade de pegá-lo. Em vez disso, vejo-o desaparecer dentro de um envelope.

— Volte amanhã de manhã — avisa ela. — Vai estar pronto.

À noite, de volta ao Fim do Caminho, pedimos peixe frito e *chips* e nos reunimos — a equipe, os meus pais, Findley, Jacob e eu — para ver um primeiro corte do programa *Os espectores,* "Episódio 1: A cidade dos fantasmas". Eu queria que Lara estivesse conosco também, mas não a vejo desde o episódio do cemitério. (Tenho quase certeza de que a Sra. Weathershire acha que sou uma má influência.)

Jacob e eu sentamos lado a lado no sofá, com o meu braço contra o dele, enquanto na tela da TV o meu pai reconta a história do Beco de Mary King. A minha mãe faz comentários sobre os cortes do episódio e anota algumas coisas que eles podem querer acrescentar depois com a voz em *off.* Ceifador está sentado no colo de Findley, apesar de ele rugir de tanto rir toda vez que alguém pula diante da câmera — Findley chama isso de "pegar susto".

Ele diz que não se lembra de nada da noite no cemitério, mas há um machucado na sua bochecha, um pouco escondido pela barba por fazer, e os seus olhos brilham sempre que encontram os meus.

Na TV, a voz da minha mãe ecoa pelas celas da prisão do castelo.

Parece fazer tanto tempo, parece tão distante. Acho que de algumas maneiras está mesmo.

Quando chega a hora de todos irem embora, Findley me dá um abraço de urso bem forte.

— Obrigada — sussurro — por tudo.

— Tem uma marca em você, Cassidy — diz ele, com seriedade de repente. — Tome cuidado.

Lágrimas enchem os meus olhos. Não sei bem por quê.

Mas ainda é difícil soltar.

* * *

Na manhã seguinte, demora meia hora para pegarmos Ceifador, que decidiu, em um raro momento de *dignidade felina básica*, que ele nunca mais vai voltar para o transportador.

— Vem cá, gatinho — diz Jacob, tentando assustá-lo para que ele saia de baixo do sofá. A minha abordagem é fazer um caminho de guloseimas de gato pelo quarto.

Enquanto Jacob e eu tentamos cercar Ceifador, os meus pais terminam de fazer as malas e, por algum tempo, tudo parece normal. A energia no quarto é de animação e nervosismo. Todos nós estamos prontos para deixar a cidade, ainda que por diferentes razões.

Finalmente, Jacob e eu prendemos Ceifador e nos jogamos no sofá com o transportador entre nós.

— Ele arranhou você? — pergunta minha mãe, entrando no cômodo.

Confusa e de cenho franzido, respondo:

— Não, por quê?

— A palma da sua mão.

Olho para baixo. Ela está certa. Não sobre Ceifador, mas sobre a minha mão.

Passo o dedão em cima da linha vermelha superficial, onde o caco da lente cortou a pele no cemitério. Não tem um *corte*, mas ainda assim dói.

— Não — falo —, estou bem.

Quando chega a hora de sairmos, arrastamos as malas para baixo, onde a Sra. Weathershire nos espera.

— Estão indo, então? — indaga ela, alegremente. — Vou chamar um táxi.

Os meus pais seguem para o meio-fio, e eu estou andando logo atrás, mas paro e me viro ao ouvir o som de passos na escada. Dessa vez, não e o fantasma do Sr. Weathershire. É Lara, que se aproxima, sem ar, como se estivesse com medo de eu já ter partido. Alguns fios escapam da trança dela, e ela os arruma.

— Oi! — falo, feliz em vê-la.

— Oi — diz ela, lançando um olhar de avaliação para Jacob antes de se voltar para mim. — Como você está se sentindo?

— Como se a minha vida tivesse se partido em duas — respondo, secamente.

Ela arregala os olhos.

— Sério?

Balanço a cabeça e rio.

— Me sinto bem. Normal. Quer dizer, dentro do possível. Você ficou muito encrencada?

Lara dá de ombros.

— Nada com que eu não consiga lidar. — Fico surpresa ao ver um brilho no olhar dela, algo meio travesso. — Talvez surpreenda você, mas já quebrei *algumas* regras em certas ocasiões.

Ela pega uma das malas e caminha comigo até o meio-fio.

— Precisamos conversar.

Jacob fica nos rondando.

Nos dê um segundo, penso, e ele franze o cenho, mas se afasta.

Lara espera até ele sair de perto.

— Não está fazendo um favor a ele — comenta ela —, mantendo Jacob aqui.

Isso de novo, não.

— Ele é o meu melhor amigo, Lara.

— Pode ser, mas tem uma diferença entre querer ficar e sentir medo demais para seguir. Você precisa mandar Jacob para o além.

Eu a encaro.

— Você não mandou o seu tio para o além.

Ela congela.

— *O quê?*

— Conheci o seu tio quando eu estava procurando você. Foi ele quem ensinou essas coisas para você, não foi? Sobre fantasmas e intermediários. Sobre o Véu e espelhos e os acordos que fizemos e o que devemos fazer. Você contou que aprendeu com a biblioteca dele, mas isso não é bem a verdade, é?

Lara hesita, então balança a cabeça.

— Ele não começou a me ensinar até depois...

Lara para de falar no meio da frase, e não sei se ela quis dizer depois da morte dele ou da *dela*.

— Você sabia que ele estava aqui no Fim do Caminho — digo. — Sabia o que ele era, e o que você era, mas não mandou o seu tio seguir adiante.

— Ele não é como os outros — responde ela, na defensiva.

— Eu sei — disparo. — E Jacob também não.

Lara cruza os braços.

— Está certa. Não mandei o tio Reggie adiante, mas também não fiz com que ele atravessasse o Véu. — Ela se aproxima mais, baixando a voz. — Jacob usou você para atravessar e você está servindo de âncora para ele aqui, e, quanto mais tempo ele ficar, mais forte vai se tornar. Ele é perigoso, Cassidy.

Nós duas olhamos para Jacob, que está seguindo um bando de pombos, tentando assustá-los para que saiam voando.

— Vou correr esse risco — afirmo.

Lara suspira.

— Tudo bem. Só tome cuidado. — Ela se vira para ir embora, então dá meia-volta. — Ah, antes que eu me esqueça... — Lara tira o pingente de espelho do pescoço. — Aqui — diz ela, oferecendo-o para mim.

Já estou estendendo a mão para pegá-lo quando me forço a parar.

— Não posso aceitar isso — comento. — Você precisa dele.

— Não se preocupa — responde ela, tirando um segundo colar do bolso. — Sempre guardo um extra.

Quando, ainda assim, não pego o colar, ela se aproxima mais e passa o cordão pela minha cabeça.

— Obrigada — falo, pondo o pingente gelado dentro da camisa. — Por tudo.

Lara dá de ombros, como se não fosse nada, mas nós duas sabemos que não é assim. Estamos ligadas por mais do que pingentes idênticos.

O nosso carro se aproxima. Lara me entrega um pedaço de papel.

— O meu e-mail — explica ela. — Caso se meta em alguma encrenca de novo.

— Ah — respondo —, duvido que isso vá acontecer.

Lara solta uma bufada, um som quase indelicado. Então ela me cutuca na região do peito.

— Tome cuidado com isso.

— Pode deixar — falo, colocando os dedos sobre o pingente.

Ela balança a cabeça.

— Eu não estava falando do colar.

Com isso, ela dá meia-volta e caminha novamente para os degraus da entrada.

— Tchau, Lara! — grita Jacob.

Ela olha para trás por cima do ombro.

— Tchau, fantasma — retruca ela.

Então Lara entra em casa.

Ceifador é colocado no assento ao meu lado conforme emite um grunhido baixo de dentro do transportador. Jacob olha pela janela, vendo a cidade passar, com o castelo pairando a distância.

Os meus pais já estão olhando a próxima programação, conversando sobre histórias e roteiros enquanto vamos para uma nova cidade, uma nova equipe de filmagem e um novo guia.

Um novo episódio.

Um novo capítulo.

Mas temos uma última parada antes de seguirmos.

A menina no balcão da Bellamy's sorri ao me ver.

Os meus pais ficam no táxi, o que é um sinal de progresso, acho, embora eu saiba que vai demorar um tempo antes de ganhar a confiança deles de novo.

A menina da loja vai até os fundos e retorna com um envelope. Ela assobia ao colocá-lo sobre o balcão.

— Algumas dessas fotos estão bem loucas.

— Você olhou?

— Desculpa. — Ela dá de ombros. — Faz parte do trabalho. Mas você manda bem. A maioria das pessoas não conseguiria todos esses truques sem edição digital. — Ela bate uma unha com esmalte de arco-íris no envelope. — Você realmente capturou essa cidade — comenta a menina, entregando as fotos para mim. Agradeço e aceito o envelope, pagando com o dinheiro que o meu pai me deu no carro.

— A última foto é a minha favorita — acrescenta ela com uma piscada de olho.

Não olho até voltar para o carro.

O envelope é coberto de imagens, fotos de turistas, casais aleatórios posando em frente a um prédio famoso, dividindo refeições nos pátios dos telhados, de pé em montanhas.

Outras pessoas viajam e tiram fotos de prédios.

Eu viajo e tiro fotos de fantasmas.

Tiro a pilha de fotografias de dentro do envelope.

Tem uma do Fim do Caminho: a Sra. Weathershire no vão da porta com uma bandeja de chá.

A seguir, Royal Mile, com as performances de rua e a multidão agitada.

E Greyfriars duas vezes: na primeira, salpicado de turistas; na segunda, mais cinzento, com aglomerados de neblina.

Tem o Beco de Mary King, com os muros altos e as luzes irregulares, uma sombra de algo estranho que espia da escuridão.

Os meus pais e Findley de pé sob postes de luz à noite, e Lara de pé na escada. O pai de luto na casa de inverno, e o castelo com a *portcullis*, os canhões e as celas de prisão.

As coisas ficam estranhas depois disso. No Véu. Uma dúzia de fotos, e quase nada saiu. Riscos e borrões que poderiam ser rostos, mãos ou apenas um truque de luz.

Quem não sabe poderia pensar que o filme foi exposto de forma errada.

Mas eu sei. Posso ver os fantasmas nos tons de cinza.

E ali, no final, a última foto. A única que *eu* não tirei.

Nela, estou inclinada contra a vitrine da loja de fotografia. Do outro lado do vidro, há um borrão, uma nuvem de fumaça na forma de um menino. Poderia ser um reflexo estranho, alguma distorção, mas não é.

Vejo a forma do cabelo que o revela. A curva da boca. A lateral do rosto conforme ele olha para trás. O princípio de um sorriso.

Tem uma diferença entre querer ficar e sentir medo demais para seguir.

No carro, Jacob olha para mim, como se pudesse ler mentes. E, claro, ele pode.

— Quando salvei você daquele rio — comenta ele —, você me salvou de uma coisa também. — Seguro a respiração. É a primeira vez que Jacob fala da vida dele, ou da morte, antes de nos conhecermos. Quero que ele continue, mas obviamente ele não continua.

Jacob ergue a mão, como se esperasse um toque-fantasma. Dessa vez, quando colocamos as nossas mãos juntas, não fazemos o som delas batendo. Não as afastamos. Deixamos que fiquem. E juro que quase posso sentir o toque dele.

Quanto mais tempo ele ficar, mais forte vai se tornar.

Mas então aquilo passa.

O carro diminui e para do lado de fora do aeroporto.

Os meus pais pagam o motorista, e todos saem: dois adultos, uma adolescente, um fantasma e um gato irritado, prontos para a próxima aventura.

AGRADECIMENTOS

Este livro é dedicado a várias pessoas e a uma cidade muito antiga. Já agradeci à cidade, então vou agradecer apenas a algumas pessoas, aquelas que eu me lembrar de nomear:

À minha mãe, que sempre me encorajou a me perder de propósito, e ao meu pai, que sempre me ajudou a encontrar o caminho de volta nos retornos.

À minha agente, Holly, e à minha editora, Aimee, por sempre terem estado dispostas a uma aventura, mesmo quando não sabiam aonde aquilo as levaria.

A Cat, Caro e Ciara, por serem a melhor parte dessa cidade, e Dhonielle e Zoraida, por me fazerem companhia nessa estrada longa e sinuosa.

Ao time na Scholastic por me deixarem escrever este livrinho, às vezes assustador e sempre estranho.

SOBRE A AUTORA

Victoria (V.E.) Schwab é autora best-seller do *New York Times* de dezenas de romances para jovens adultos e para adultos, incluindo a série Os Tons de Magia, assim como os romances *Vilão*, *Vingança*, *A melodia feroz* e *O dueto sombrio*. Ela mora em Nashville, Tennessee, mas frequentemente pode ser vista assombrando as ruas de Paris e subindo colinas escocesas. Normalmente, Victoria está enfiada no canto de um café, inventando histórias. Visite-a on-line em veschwab.com.

Este livro foi composto na tipografia Sabon LT
Std, em corpo 11/17, e impresso em
papel off-white no Sistema Cameron da
Divisão Gráfica da Distribuidora Record.